JN014093

小説 TIGER & BUNNY 2
パート1
［上］

小説 TIGER & BUNNY 2 パート1［上］

# CONTENTS

小説

# TIGER & BUNNY 2

パート1

［上］

ノベライズ：石上加奈子

企画・原作・制作：BN Pictures

シリーズ構成・脚本・ストーリーディレクター：西田征史

監修協力：兒玉宣勝

カバーイラスト

作画★稲吉智重

Inayoshi Tomoshige

仕上/検査★柴田亜紀子

Shibata Akiko

特効★前村陽子

Maemura Yoko

# 小説 TIGER & BUNNY 2 パート1［上］ CHARACTER

**鏑木・T・虎徹**（かぶらぎ・ティー・こてつ）

デビュー10年以上のベテランヒーロー「ワイルドタイガー」。紆余曲折を経て再び1部リーグのヒーローに返り咲く。

**バーナビー・ブルックス Jr.**（ジュニア）

本名の「バーナビー・ブルックスJr.」の名で活躍するヒーロー。虎徹と再びコンビを組む事に。

**カリーナ・ライル**

歌って踊れる大人気アイドルヒーロー「ブルーローズ」。ヒーロー活動と学業を両立させる努力家。

**ライアン・ゴールドスミス**

一度はシュテルンビルトを離れたが、とある事件をきっかけに戻ってきた「ゴールデンライアン」。洞察力に長けている。

**ネイサン・シーモア**

自身所属のヘリオスエナジーのオーナーでもある「ファイヤーエンブレム」。世話好きで面倒見が良い。

**キース・グッドマン**

日々の努力を怠らない「スカイハイ」として老若男女に大人気のヒーロー。真面目故に天然な一面も。

**イワン・カレリン**

擬態能力で活躍する「折紙サイクロン」。ヒーローアカデミー出身者。普段はおとなしく消極的な性格。

**アントニオ・ロペス**

強靭な肉体を誇る「ロックバイソン」の名で活躍するベテランヒーロー。虎徹とは昔からの親友。

# CHARACTER

**ホァン・パオリン**

高い身体能力を生かし華麗に活躍する「ドラゴンキッド」。天真爛漫で一人称は"ボク"。

**ラーラ・チャイコスカヤ**

「マジカルキャット」の名で活躍するヒーロー。所属会社からの要望で魔女っ娘キャラのヒーローとしてデビューすることになった。

**仙石（せんごく）　昴（すばる）**

「Mr. ブラック」の名で活躍するヒーロー。陽気で実直な性格。責任感が強いが、直情的な面もあり、時に周りと衝突することやトラブルを起こすこともある。

**トーマス・トーラス**

「ヒーイズトーマス」の名で活躍するヒーロー。口数が少なく、常にクールで無表情。トレーニングや食事もストイックに管理している。

# CHARACTER

**ユーリ・ペトロフ**

司法局ヒーロー管理官兼裁判官。今期からの制度改正に伴い、ヒーローたちとより深く関わることに。

**アニエス・ジュベール**

「HERO TV」のプロデューサーで視聴率至上主義のキャリアウーマン。熱心さがあまって時にはヒーローたちに指示出ししてしまうことも?

**マッティア・イングラム**

アプトン研究所の研究者。脳神経の研究をしている。バーナビーをよく知る人物。

**ニコライ・ブラーエ**

フガン、ムガンと行動を共にする謎多き人物。

**フガン**

双子の弟ムガンと世界各地のヒーロー狩りを始める。

**ムガン**

双子の兄フガンと世界各地のヒーロー狩りを始める。

≫第１話

# A word to the wise is enough.

（一を聞いて十を知る）

December 24th,1980 NC

シュテルンビルトの街は静寂に包まれ、舞い散る雪の中、荘厳な鐘の音が響き渡っていた。クリスマスツリーから落下したであろうオーナメントが点々と散らばる地面は雪で覆われ、数々の足に踏み荒らされたのか、うっすらと汚れている。

その地面に、力なく半身を横たえているヒーローの姿がある。スーツは全壊寸前で小さく火花を散らし、それでも彼は何とか体を起こそうと気力を振り絞る様が窺える。

時折雪がちらつく曇り空の下、雪と見まごうばかりの純白のロングコートの裾をはためかせた二つの影が、仲良く手をつなぎ、倒れているヒーローの前に降り立つ。雪の上に倒れたヒーローの、スーツの頭部はひどく破損し、すでに息も絶え絶えのようだ。

そんな絶体絶命のヒーロー――『バーナビー・ブルックスＪｒ．』に最後の一撃を加えようと、二つの影は彼の首をそれぞれの手で掴み、高く持ち上げる。

苦しそうに呻く彼に、二つの影はささやいた。

「バイバイ、ヒーロー」

October 8th,1980 NC

鏑木・Ｔ・虎徹は勝手知ったる部屋から通りに出ようとしていた。巨大都市シュテルンビルトのシュテルンメダイユ地区ブロンズステージの一角にある、長閑な住宅街のアパートが今も

彼の住み処である。

虎徹は現在もヒーローを続けていた。街中には悪事を企む輩がおり、ＨＥＲＯ ＴＶも存在し続けていることに変わりはない。

――ほんの少しやり方は変わったが、ヒーローをやめる選択肢なんてない。

そう虎徹は考えていた。彼は世間で言うところの、名実ともに「おじさん」がすっかり板についている。だが、虎徹は「おじさん」も捨てたものではないと達観するに至っていた。確かに周囲と比べれば虎徹はベテランの域になったが、自分はまだまだやれるという気持ちでいる。それに加えて虎徹は年を重ねるほどに、物事を広い視野で見られるようになった気がしていた。若いヒーローの気持ちを慮ったり、過去の経験からここでこれをやったら痛い目を見るなどの数多のことをこれまでのヒーロー人生で学んできた。経験だけではカバーできない悩みも多いが、彼は楽しみながら現在の自分のベストを尽くしてるという自負があった。

手首に装着したＰＤＡが鳴ると、虎徹は全力で走り出した。今日も「ワイルドタイガー」になるためだ。

この緊張の瞬間に「ヒーローをやっている」「生きている」という実感が湧いてくる。さあ、頑張るぞ！　とばかりに走る虎徹は、緊張を帯びながらも充実した表情だった。

街頭ビジョンではすでに「ＨＥＲＯ ＴＶ」が放映され、リポーターのマリオが熱のこもった実況中継を行っていた。

現場に向かいながら、虎徹は通信による音声と街頭ビジョンや飛行船映像で犯人の動きと状況を把握していく。

『さぁ事件発生です。先程シュテルンメダイユ地区ウェストシルバーで現金輸送車が襲われ、二千万シュテルンドルが強奪されました。現在、ノースシルバー方面へ逃走中』

強盗犯はパトカーとカーチェイスを繰り広げた末に、機関銃を乱射して、パトカーのフロントガラスを撃破した。パトカーは咄嗟にハンドルを右に切って壁に激突する。

『うあっと！　パトカーが！』

調子に乗った犯人たちは追跡してくるもう一台のパトカーにも銃撃し、そのままパトカーを撒いて逃げおおせようとしている。

『このまま逃げ切られてしまうのか！　ヒーローの姿は未だ確認できません。なおこの番組は、超能力を持つヒーローたちが犯罪や災害など、事件現場で活躍する模様をお茶の間にお届け！　活躍の内容に見合ったポイントを加算し、キングオブバディヒーローを決めてしまおうというエンターテインメントレスキュー番組「ＨＥＲＯ ＴＶ」ライブ……』

マリオの解説はそこで途切れ、熱を帯びた実況に変わる。

『あああっと、来たあぁ！　ブルジョア直火焼き・ファイヤーエンブレムだぁ！』

先陣を切って登場したのはワイルドタイガーと同じくベテラン組に入るヒーロー、ファイヤーエンブレムだった。本名はネイサン・シーモア。エネルギー系の大手企業『ヘリオスエナジー』のオーナーを務めている。

炎が揺らめくマントをはためかせ、引き締まったボディラインを披露するスーツに身を包んだファイヤーエンブレムは、マスクの下から見える口元に余裕の笑みを浮かべている。

『カメラ寄って！』

「ＨＥＲＯ ＴＶ」のプロデューサーであるアニエスは、スイッチングルームから張り切った声で指示を出す。彼女の敏腕ぶりも変わらずで、「ＨＥＲＯ ＴＶ」は人気を博し続けていた。

『おお、出るのか、ファイヤーボール』

ファイヤーエンブレムは指先で小さな炎を作り出すと、あっという間に大きな炎の球に変え、輸送車に向かって撃ち出す！

だが輸送車に炎が迫る中、装甲車が割って入り、既のところでファイヤーボールが弾かれてしまった。

「んもう～」

悔しそうにファイヤーエンブレムは身をよじる。彼女の姉御っぷりは番組でもすっかりおなじみになっている。

「もう一度頼む」

ファイヤーエンブレムのピンチを救うがごとく、間を置かずに爽やかな声が響く。上空に視線を移すと、そこには颯爽と空を飛んで現れたスカイハーイの姿があった。

『ここで風の魔術師・スカイハーイ！』

「援護する、私が」

スカイハイは胸に手を当て、王子のように優雅に空を駆ける。中世の騎士を思わせる白銀のマスクに白いコートの裾をはためかせ、紳士的で爽やかなヒーローぶりは健在だ。彼の本名はキース・グッドマン。交通系の大手企業『ポセイドンライン』に所属している。

ファイヤーエンブレムは嬉しそうに微笑み、手を上げて再び炎を作る。と、同時にスカイハイも手に空気をため、炎と風が同時に巻き起こる。

「スカーイ！」

「ハーイ！」「ファイヤー！」

『出たぁ！　ファイヤースカーイ！』

ファイヤーエンブレムとスカイハイの作り出した合わせ技、というべきか、炎が気流となって超高速で装甲車にぶち当たる！　熱風に耐え切れず見事に車は倒れ、一回転した。

マリオの『ナイスコンビネーション！』の声とともにポイント加算のテロップが流れる。

次に攻撃を逃れて走って来たトラックの前に立ちはだかったのは、ロックバイソンだ。指をゴキゴキ鳴らしながら、気合いを全身からみなぎらせている。

『来ました！　西海岸の猛牛戦車、ロックバイソン！』

「うっし！」

迫力のある掛け声とともに現れたロックバイソンは深緑を基調としたごついスーツに身を包み、マスクには牛の角、肩のスクリューは高速回転しており、猛牛の名にふさわしい。

ロックバイソンことアントニオ・ロペスは『クロノスフーズ』に所属し、虎徹の古くからの腐れ縁でもある。見た目の通り武骨だが、何事にも猪突猛進の熱い男である。

「も、お、お、お、お……」

呻き声、かつ牛の雄叫びのようなものを上げながら、ロックバイソンは両手を前に突き出し、強靭な肉体を武器にトラックを持ち上げる。トラックをへし折りかねないパワフルさでロックバイソンは走ろうとするトラックをツノだけで支えながら地面に戻す。そのパフォーマンスに市民たちから歓声が上がった。

しかしそのトラックの後ろから強盗犯であろうひげ面の男を含む五人の男たちが、運転席の前方からは二人の男たちが出てきた。それぞれ手にアタッシュケースと拳銃を持ち、一斉に逃げ始める。

「おらおらー！　待て待てー!!」

ロックバイソンは中央分離帯を乗り越えるとジャンプし、そのうちの一人、ストリートファッションに身を包んだ男を押さえて地面に倒した。

「うおおおおお！」

『見事に犯人を確保ぉ！』

ポイントが加算され、勝利のポーズを決めるロックバイソン。

しかし犯人の一人はロックバイソンが確保したが、残りの強盗犯は依然逃走中である。そんな中、ロックバイソンの背後で人影が青く光る。

「頼むぜ、相棒」

ロックバイソンの言葉に呼応するように人影は消えた。

一方逃げた強盗犯のうち二人は銃を発砲し、一般市民を脅して車を奪おうとしていた。

さらに後方から仲間の強盗犯が走ってやってきて、フェンスを飛び越え着地する。待っていた男が振り向き、合流した男に声を掛ける。

「お前無事だったのか」

「ええ、無事でござった」

「ござった？」

喋り方に違和感を覚える強盗犯に、一瞬で元の姿に戻り手刀を構えたのは折紙サイクロンだ。見事に強盗犯の一人に手刀を食らわせ、確保した。

『見切れ職人・折紙サイクロン！　得意の擬態が炸裂したぁ！』

ポイントテロップとともに折紙サイクロンは歌舞伎の見得を切るポーズを取る。歌舞伎の隈取りを模したマスクにニンジャを連想させる装束、腰には刀、足元は高下駄。独特の和風センスを持つスーツにはこだわりが感じられる。折紙サイクロンの本名はイワン・カレリン。『ヘリペリデスファイナンス』に所属する。以前は「見切れ職人」とばかり言われていた彼も、今や能力の《擬態》を立派に実戦で使いこなしている。

だが、折紙サイクロンの隙をついて残った強盗犯たちは車を運転していた男女を脅し、男女の乗っていた車ともう一台別の車を強奪すると、そのまま走り去った。

取り残された折紙サイクロンは遠ざかる車に「おーい」と小さく声を上げる。

「よっしゃ、追いついた！」

ワイヤーを使ってビルを伝いながら、現在の状況と犯人の痕跡を追っていたワイルドタイガーは、ワイヤーをスーツに収め、ビルから着地した。ワイルドタイガーの隣には相棒のバーナビー・ブルックスJr．がいる。

虎徹はバーナビーを、これまでのバディの関係性を経て――ありふれた言い方で言うならば隣にいることが空気のように自然な存在として感じるようになっていた。

もちろんお互いにない部分を補い合うことには変わりはないが。

「さ、行きますよ、おじさん」

隣に立つバーナビーは、全てを悟っているかのような、クールでブレない物言いをする。

「おじさんってまたお前は――」

はあ……と、ため息をつくものの、おじさんと呼ばれることも今の虎徹には悪い気分ではなかった。

――おじさん上等。今日もやってやる。

そんな風にさらにやる気を向上させられる。

バーナビーは虎徹に先に行くよう促し、ワイルドタイガーは再びワイヤーを取り出してビルの谷間へ向かって跳んだ。近くには相棒のバーナビーがいる――その安心感が虎徹の迷いを吹き飛ばす。

一方、強盗犯五人は逃げ切ったとばかりに勢いづいて車を飛ばしていた。そんな犯人の車に一台のトランスポーターが近付く。

「ニャニャーン！」

ポーズを決めている小さな女の子——彼女もれっきとしたヒーローである。

『あーっと！　ここで魔女っ娘食肉目・マジカルキャットが舞い降りたぁ！！！』

マジカルキャットは手にしたピンクのステッキを掲げ、可愛らしいポーズをとる。

ブラウンとピンクを基調としたワンピースに同色のピンクと白の猫耳。さながら魔法少女といった趣のスーツを着こなす彼女は《水》を操る能力を持つ。彼女の本名はラーラ・チャイコスカヤ。『オデュッセウスコミュニケーション』所属である。

「キラリラリン！　ドロボウしちゃう悪い人には～マジカル～スプラーッシュ！」

キャットは手にしたステッキに手をかざし膨大な量の水を放出させ、犯人たちの運転する車に直撃させた。

そのままキャットは二台の車に放水を続けるが、犯人たちは多少動揺を見せながらも車を止めない。

『おおっと、マジカルキャットの水攻撃も犯人たちにはあまり効いていないようです』

そこに素早い人影が重なる。小柄でかなりの俊足である。

『と、そこに稲妻カンフーマスター・ドラゴンキッド。ん？　水と稲妻？　これはひょっとするとー！！！』

ドラゴンキッドが棍棒を握り、クルクルと回転させると体中にスパークが走る。ドラゴンキッドは黄色を基調に赤や緑を差し色にし、前面に龍のマークが描かれたチャイナ服のようなスーツに、頭の左右に大きな丸い頭飾りを装着している。彼女の能力は《電撃》を発することだ。普段は自分を「ボク」と呼ぶボーイッシュな女の子で、幼い頃から格闘技を極めてきた達人だ。本名はホァン・パオリン。『オデュッセウスコミュニケーション』に所属している。

　ドラゴンキッドは雷を身にまといながら棍棒を横持ちから縦に握り直し、側転、バク宙と華麗な連続技を決めた後、宙を飛んだまま体を回転させ着地し、水たまりに棍棒を当てる。すると、スパークが水たまりの上を伝い、強盗犯たちの車を電流で包み込む。

　強盗犯たちは電撃ショックを受け、見事に気絶した。しかし制御を失った車は、キャットを乗せたトランスポーターに衝突する。その衝撃でキャットは尻もちをついてしまうが、大事はなさそうである。

『サンダースライドとでも申しましょうか。合体技で二人確保だぁ！』

　ドラゴンキッドは走りながらキャットに手を振る。続けてガッツポーズを取り、キャットもドラゴンキッドに嬉しそうに応える。

『ああ、だがもう一台の車は止まらず走り出した！』

　ワイルドタイガーはビルとビルの間をワイヤーを使って進む。同じスピードで建物の屋上を並走していたバーナビーが走りながら彼に言った。

「そろそろ能力発動しませんか？」

　一瞬の判断の後に虎徹は万全を期すことを選び、移動しながらバーナビーに伝えた。

「俺(おれ)はまだ温存しとく。先行ってくれ、バニー！」

それを察したバーナビーは能力を発動させながら勢いよく走り出す。

「はあああ」

全身が発光し体を包み込むと同時に、目も青い光を放つ。能力を全開にしたバーナビーは高速でビルの間を走り抜けていき、ピンク色の閃光(せんこう)を夜の街に散らしながら姿を消した。

虎徹は能力発動のタイミングと体力の調整を気にしながら急いで後を追う。


一方、逃げていった強盗犯三人の前に、黒い影が飛び下りた。

黒い男は手から、小さなハニカム構造を組み合わせたような大きなバリアを出す。そのバリアは車を跳(は)ね返(かえ)すぐらい強力で、ぶつかった車は車体が上がるほどの衝撃を受けた。

『出たぁ〝黒ずくめ男〟Ｍｒ．ブラーック！』

黒い影の男の正体は、新たなヒーロー、Ｍｒ．ブラックだ。彼の本名は仙石昴(せんごくすばる)。所属企業は『ジャングル』である。ブラックは《バリア》を操る能力を持つ。

マントも含めすべて漆黒(しっこく)、マスクと肩に黒鳥の翼(つばさ)を思わせるデザインのスーツをまとったブラックは堂々とカメラに背を向け、宣言する。

「これ以上は進ませねぇぜ！」

『今日もまたカメラ目線に失敗しております』

カメラアピールに失敗し、リポーターのマリオからツッコミを受けている。少々バツが悪そうにブラックは持ち場に戻る。

バリアで止められながらも犯人は諦めず、後ろで銃を構える。すかさずブラックは再びバリアを出す。犯人とブラックが牽制し合う中、犯人三人が一斉に同じ方向へ逃げ出した。

「お、おい！」

意表を突かれた様子のブラックに、犯人たちは得意げな顔を見せる。

しかしそこに空中を飛んできたタイヤが男の一人の後頭部を直撃した。浮遊するタイヤを操っているのはブラックと対照的な白いスーツの男。

『来ましたー！　〝白き光を纏いし者〟ヒーイズトーマス！』

ヒーイズトーマス。新ヒーロー三人のうちの最後の一人だった。全身純白のスーツは神聖なイメージで近寄りがたい神々しさを感じさせ、ブラックと対をなす、翼を思わせるモチーフがあしらわれている。ブラックのダイナミックな動きとは正反対であり、冷静そのものだ。本名はトーマス・トーラス。ブラックと同じ『ジャングル』に所属する。

トーマスの能力は《サイコキネシス》である。犯人が持つ銃を、サイコキネシスの能力を使って取り上げると、先程操っていたタイヤを何個も使い犯人の体にスポスポッと嵌めて見事に拘束した。

と、すかさず拘束された犯人に走り寄り、ブラックがアピールする。

「確保ぉ～！　おっしゃあ！」

ブラックは声を上げポーズを決めるが、トーマスは声を発さず、立ち尽くしたままだ。

　そうこうする間に、性懲りもなく残った強盗犯二人は下の道を走って逃げようとしている。また車を盗ろうとしている強盗犯たちは、地面から生えた広範囲のツララによって行く手を阻まれていた。たじろぐ強盗犯たちに、ヒールを履いた足音が近付く。

「私の氷はちょっぴりコールド……あなたの悪事を完全ホールド！」

　決め台詞とともに、ブルーローズがフリージングリキッドガンを犯人たちに向ける。

　ブルーのグラデーションがクールさを際立たせているセクシーなコスチューム。バラを連想させる棘付きの長い二本の尻尾を垂らし、今日も上から目線の、クールビューティーな女王様キャラは健在である。彼女の本名はカリーナ・ライル。《氷》を操る能力を持ち、歌うことが好きなしっかり者の女の子で、ブルーローズのキャラほどではないにしろ、自分の意見はキチンと言える。歌って踊れるアイドルヒーローとして絶大な人気を得ている。

『待ってましたブルーローズ！　〝生意気なのは？〟』

　リポーターのマリオのコールに合わせ、バーではテレビ画面に向かって主に男性ファンたちが「ボディだけじゃなーい！」と声を合わせて叫ぶ。

　ブルーローズの登場に強盗犯二人は行く手を阻まれて舌打ちしている。

　そこへ、ため息まじりに現れたもう一人のヒーロー。

「もうやめにしましょう？」

　肩をすくめ、いたずらっ子を諭すような口調で、歩いてやってくるその男。

『遂に見参！　貴公子界のスーパー貴公子！　バーナビー・ブルックスＪｒ．！』

カメラに向かって人差し指と中指を上げ、爽やかにアピールするバーナビーの姿はスマートであり、物腰はスタイリッシュである。本名はヒーロー名と同じ。マスクの下も金髪にエメラルドを思わせる瞳、トレードマークの眼鏡が似合ういわゆるハンサムである。

バーでは彼の熱狂的なファンたちが黄色い歓声を上げる。

「ＢＢＪ！」

一人で登場したバーナビーに、ブルーローズが不思議そうに尋ねた。

「え、そっちの相棒は？」

「残念ながらまだ」

バーナビーがいつものことです、とばかりに軽く答える。

『ブルーローズとバーナビーに挟まれ犯人は動けない!!』

その頃ワイルドタイガーは、相変わらずワイヤーを使ってビルの間を移動していた。

「やっべ、急がねぇと……ん？」

そのとき移動中の虎徹の目に、小さな赤いものが映った。

――なんだ？　アレ？


バーナビーも一人で待機しているブルーローズに尋ねる。

「そちらの相棒もまだのようですね」

ブルーローズは呆れた口調で答える。

「ああ、ウチのはわざと。な～んか、目立ちたいみたいで、アイツ」

そこにバイクに乗ったヒーローが、宙を飛んで乗り込んでくる。

「来た――!!　〝さすらいの重力王子〟ゴールデンライアン！」

登場の実況を自らしながら、得意げに自分を指すのはゴールデンライアンである。

『ああ、私の台詞が……』

リポーターのマリオも思わず嘆いている。

俺様感が強いゴールデンライアンは、その名前の示す通りゴールドに輝くスーツをまとっている。スーツは重厚感があり、頭部のデザインはライオンを連想させる。派手で豪快な彼のイメージに合致している。ライアンの能力は、一定の範囲内の重力を増幅させることだ。彼の本名はライアン・ゴールドスミス。『タイタンインダストリー』に所属している。

ライアンはブルーローズの後ろに回り込み、バイクから立ち上がると大きく飛ぶ。そしてブルーローズの前に着地した彼は両手を地面にあてて、《重力》を操る。

「どっどーん」

増幅した重力によって地面が大きく揺れ、強盗犯二人が前のめりに倒れた。

ライアンはマスクを開けると、余裕の笑みを浮かべて決め台詞を言う。

「俺のブーツにキスをしな」

ライアンにしか言えない俺様な台詞も、頑強なルックスに似合い、犯人確保の締めくくりにふさわしい。

『決まったー！！！　これにて一件落着！　ヒーローズの活躍により、全犯人を確保致しました!!』

テレビモニターには、犯人を確保してそれぞれ満足そうなバディヒーローたちが映っていた。バニーだけが少し俯き、一人でため息をついている。

「コテツー！　取ってくれてありがと～」

さっき見かけた赤いものは、風に飛ばされた風船だった。ふわふわ飛んでいるそいつを追いかけている男の子が見えたら、体が勝手に動いちまっていた。

モニターを見ながら、フェイスガードをオープンにする。

「あれ？」

──俺、間に合わなかったってこと？

拍子抜けして、ワイヤーで支えていた体がぶらぶらと揺れていたが、地上で手を振ってくれているその男の子に、風船を渡すため俺は地上に降りる。

「だから、ワイルドタイガーだっつうの！」

男の子はえへへ、と笑って去っていった。その後ろ姿を見て、俺は知らず知らず微笑んでいた。いやぁ、いいことしたな。困ってる人をほっとけないのが俺だからな……って、待てよ。

……バニーのやつ、間に合わなかったこと、怒ってるだろうな……。

「だから、何度も詫びてんじゃねぇか」

俺が謝ってもバニーは耳を貸そうとはしない。バニーはこうなると、信じられないぐらい頑なだ。

「信じられません。事前に説明したのに」

俺もバニーも色違いのタイにスーツと、正装スタイルだった。今日は、ヒーローと所属企業の人たち総出でパーティーが行われるのだ。

フロアに到着したのは俺とバニーが最後だった。アニエスを始め、俺たちを除くヒーロー一同が待っていた。ブルーローズは呆れ顔で、他のヒーローたちも困惑の表情を浮かべている。

「どうされたんです？」

気を遣って尋ねてくれた折紙サイクロンに、俺はありのままを説明する。

「クーラーボックスに入ってたコイツのジュース、俺が飲んじまったんだ」

一瞬、ポカンとした皆の顔。間髪を容れずにバニーがツッコむ。

「ジュースじゃありません、栄養補給ドリンク」

バニーの声には怒りが滲んでいる。ああ、あれ栄養補給の特別なヤツだったのか。と思うももう後には引けねぇ。

そう、バニーを怒らせてる理由は、俺が事件現場に遅れたからじゃなくて、あいつのジュース……栄養補給ドリンクを飲んじまったからだ……って自慢げに語るほどでもないか。

「そんな違わねぇだろ？」

この一言でバニーの怒りは頂点に達しちまったみたいだ。

「もう結構。あなたとはしゃべりません」

「っだっ！　なに子どもじみたこと！」

俺は歩み寄り……開き直りとも言うが……和解に持っていこうとしたが、バニーはフンとそっぽを向いてしまった。おお、そっちがその気ならこっちだって。

「ああそうかよ！　わかったよ！」

こうなったら引っ込みがつかないってもんだ。俺もそっぽを向く。そんな俺にブルーローズとファイヤーエンブレムがため息をついたのが目の端に映った。若手ルーキーたちもいたがまぁ仕方ねぇ。

ブラックがやれやれと肩をすくめるが、トーマスは、まったく動じず。ブラックはそんな無反応なトーマスに困惑気味だ。

「ごめんね、あんな先輩で」

ドラゴンキッドが気を遣い、キャットが「いえいえいえ」とこれまた気を遣い合っている。

そこへ突然照明が落ち、スポットライトがあてられた壇上に現れたマリオがハイテンションで高らかに宣言する。

「これより、先週から施行されたバディシステムのひとまずの成功を祝うパーティーを始めさせていただきます」

そうだった。慌てて拍手すると、バニーも涼しい顔で拍手している。

ライアンだけは皮肉な微笑みを浮かべていた。

「相変わらずおカタイな、この街は」

まずはお偉いさんの挨拶が続く。『アポロンメディア』の新CEO、ニコラス・ケーン氏が無表情に語り始めた。

「そして、一連のアポロンメディアの不祥事を受け、ヒーローへの風当たりが強くなったことなどから心機一転、新たな始まりとするためにバディシステムというスタイルを……」

皆、真剣な表情で聞いている。俺たちはあくまでも所属企業があってのヒーロー。会社員と変わらない。活躍できなければクビになるシビアな世界だ。現に、俺が所属するアポロンメディアもかつてのCEOだったマーベリックと、その後を継いだシュナイダーの両責任者が連続して不祥事を起こしている。

もちろん俺だって、この不祥事を許せないに決まっている。が、それでもアポロンメディアに所属し続けるのは、第一に俺を雇ってくれるからであって、それから俺が働き続けられるように昔から協力してくれるベンさん、実戦で力を発揮できるよう最高のスーツを開発してくれているメカニックの斎藤さん、口では何かと厳しいことを言いつつも陰で支えてくれているロイズさん他、職場にはありがたい存在が居てくれて……そして、それもこれもヒーローを続けたいからで……この問題を考えると釈然としないモヤモヤした気持ちになる。サラリーマンヒーローの歯がゆさってやつを痛感せざるを得ない。

続いて、オデュッセウスのＣＥＯのスピーチだ。パーティー会場にはビュッフェスタイルの料理が並んでいて、ドラゴンキッドがキャットに盛り付けた料理を勧めている。キャットは遠慮してるようだが……微笑ましい二人だ。

「我が社のスカイハイとファイヤーエンブレム氏、ロックバイソン氏と折紙サイクロン氏は、別々の企業に属しながらバディを組むことになったわけです。企業の垣根を越えた素晴らしい活躍を期待してますよ」

ポセイドンラインＣＥＯのスピーチを、ファイヤーエンブレム、スカイハイ、折紙サイクロン、ロックバイソンが真剣な表情で聞いている。

スカイハイはただ一人、胸に手を当て、きっぱりと返答する。

「ええ！　え？　あれっ？」

しかしスカイハイの他には誰も答えないので戸惑っている。やっぱスカイハイは、誠実を絵に描いたような男だな。

次に壇上に現れた男性は、靴音を響かせ満を持して、って感じでマイクを握る。新規ヒーローの所属会社、ジャングルのＣＥＯメヘラ氏だ。今回からの参入ってことで、みなぎる気合いが感じられる。

「我が社も彼らも新参者ですが、この二人がキングオブバディの栄誉を勝ち取ると信じてます。頼むよ」

その言葉に、決めポーズを取り、「おっしゃー！」とブラックは威勢がいい。彼の不器用なまでのまっすぐさは、他人とは思えない。

……なんてそれぞれのヒーローと所属企業のスピーチを聞いていたら、壇上に靴音とともに上がってくる影が見えた。

この、静かなのに圧がすごい感じ。ユーリ・ペトロフ管理官だ。

長く伸ばしたウェーブのかかった髪をまとめ、表情はあくまでも鋭く硬い。

ヒーロー管理官であるペトロフ管理官と言えば、司法局で裁判官も兼務している。これまでも俺は『正義の壊し屋』なんて言われて事件解決のためにやむなく建物を壊しちまったりして、賠償金の件では何度も彼の世話になった。そんなこともあり彼とは縁を感じるな……。

管理官はまっすぐに壇上の中心に来ると、俺たちに向かって目を上げる。冷たくも静かに燃えている、強くて揺るがない目。

「ここ数年、ヒーローを所属させる企業による不祥事が相次ぎ、管理の仕方を見つめ直すことになりました。これまで以上に皆さんとは関わることになります。どうぞよろしく」

俺もバニーも、ヒーロー一同が頷く。スカイハイだけは律儀に「こちらこそ」と返答している。ペトロフ管理官は言葉を続けた。

「実は、バディシステムには当初反対いたしました」

おっ、そう来たか。この一言で、ヒーローたちが少し動揺しているのが見て取れる。

「ヒーローとして活動する上で、一人の方が優位ではないか、相棒の存在が足手まといになる時が訪れるやもしれない——その考えは今も変わっておりません」

まぁ、それは……一理あるのかもしれないけどな。ドラゴンキッドも呆気にとられながら聞いている。

ブラックとトーマスも聞いている。マスク越しなので、表情は窺えない。

「是非とも、皆さんの活躍で私の考えが誤りであったと思い知らせていただきたい」

そう言うと、管理官は俺とバニーに向き直った。

「特に、タイガー&バーナビーのお二人。バディの先達として引っ張っていただきたく存じます」

「はいっ！」

思わず背筋が伸び、俺は気を付けの姿勢で返答した。

「お約束します」

バニーも真摯に返事をする。

そう……俺たち『タイガー&バーナビー』だけじゃない。他の全ヒーローもバディを組んで、「キングオブバディヒーロー」を目指すことが新しいシステムになった。

俺とバニーの……いや、バニーと俺の？　……ま、どっちでもいいか。もし俺たちの活躍が評価されて、バディシステムが登用されたんだとしたらそれは正直に嬉しい。だが、バディとして結束を深めるってのも、それはそれで簡単じゃないわけで……、きっと俺とバニー以外の全員がまだ手探りって感じだろう。特に新人ヒーローたちは、実戦で覚えることもあるのに人間関係も作らなきゃならないのはなかなか大変だろうな……。

銃弾が夜の宝石店内に響く。

しかし、銃口を向けた警備員は恐怖に震えながら呻き声を漏らす。

「あ……あああ……」

警備員の視線の先には、店に押し入ったと思しき男が両手を広げている。男の手からは警備員の放った銃弾が跳ね返されたように落ちた。

男はそのまま警備員にゆっくりと近づく。慌てた警備員がさらに男を撃つが、男は何のダメージも受けずに警備員に迫る。

男は両手を前にかざし、不気味な笑いを浮かべる。

「お前の心臓も止めてやるよ」

男の手が迫り、警備員の叫び声がさらに大きく響き渡った。

パーティー終了後の会場で、各企業の重役たちは席を外していたが、虎徹とバーナビー、

他のヒーローたちも皆、テーブルを囲んで雑談していた。

ゴールデンライアンは、新人ヒーローたち――マジカルキャット、ヒーイズトーマス、Mr．ブラックに視線を向けて気さくに言う。

「ま、改めてよろしく！　新人ちゃんたちは何かあったら俺様に質問しな」

隣でブルーローズが呆れたような目でライアンを見る。

「偉そうに」

すると、ブラックはひらひらと手を振り、それを遮った。

「いやいいっすよ。俺らアドバイスとかいらないっす」

ブラックの歯に衣着せぬ言い方に、居合わせた一同は驚きの表情を見せる。

「トーマス、君もか!?」

スカイハイは隣に立っていたトーマスに名指しで尋ねた。するとブラックと同様にトーマスも、何の悪気もなさそうに頷く。

「はい。僕が皆さんより劣る箇所があるとは思えません。教わることはないかと」

ブラックも大きく頷いている。

「あら～その感じ、なんか昔のバーナビーそっくり！」

ファイヤーエンブレムがすかさずツッコみ、虎徹は「よく言ってくれたな！」とばかりに、内心ニヤついていた。

「えっ！」

しかし当のバーナビーは意外そうなリアクションである。そんなバーナビーに構わずトーマスは容赦なく言葉を続けた。

「そこのおじさんと比べるのやめてもらえませんか」

「おじ!?」

バーナビーは絶句する。虎徹はそのやり取りに同情半分、普段自分も容赦なくおじさん扱いされているだけに笑いを押し殺したい気持ちが半分だった。

「僕は僕なんで」

トーマスは周囲の思惑をよそに淡々と言い放つ。

「おじ……」

バーナビーはまだショックから立ち直れないのか、フリーズしながらその単語をつぶやく。

「あ、そう。ごめんなさいねぇ」

ファイヤーエンブレムは、大人の対応でトーマスに詫びた。何とも言えぬ空気が漂う中、マジカルキャットが片手を上げて会話に入ってくる。

「あ、はいはいは～い！　キャットは色々教えて欲しいでーす」

彼女の口調と表情でその場の雰囲気が穏やかになる。まだ年が若いのに気を遣っていることが窺え、皆の表情も和らいだ。

「ああ、いつでも聞いて」

「うっしはいろいろ教えてあげまーす」

ブルーローズとロックバイソンという面倒見のいい二人が積極的に答え、先程までのブラックとトーマスのやり取りでのやや緊張を帯びた空気が和らいでいった。

「ホント頑張ってよ～」

パーティー終了後の控え室。アポロンメディアヒーロー事業部のロイズは渋い表情で虎徹とバーナビーに交互に言った。虎徹はアイパッチを外し、バーナビーはタイを外して帰り支度をしている。

「我が社のイメージアップのために、みんな心血注いでるんだからさ～」

苦言を呈するロイズに、虎徹は頷いた。

――確かにメカニック担当の斎藤さんや、ベンさんが俺たちを支えてくれているおかげで、俺たちもヒーローの仕事に専念することができている。

虎徹が自分のこれまでを思い返している最中に、バーナビーは冷静に答える。

「ええ、わかっています」

そんなクールなバーナビーに虎徹はわざと鎌をかける。

「なぁ、さっきカチンと来てたろ？　おじさんって言われて」

――どうだ、悔しかったら何か返してこい！

バーナビーのリアクションを待ち構えていた虎徹の目の前にメモ帳が差し出される。

メモ帳には『しゃべらないと言ったはずです』と書かれていた。

——はぁぁぁ!?

虎徹は脱力したが、即座に言い返す。

「何だお前！　じゃ俺も絶対しゃべらねぇからな！」

注意したそばからぶつかり合う虎徹とバーナビーを見比べて、ロイズは深いため息をついた。


別の控え室では、ネイサンがトルソーに被せたファイヤーエンブレムのマスクにブラシをかけていた。鼻歌まじりで手入れを終えたネイサンは満足そうにブラシを上げる。

「うふっ♡」

そこへ現れたキースが笑顔で左手を上げ、声をかける。

「お疲れ様。そしてお疲れ様」

ネイサンも微笑み「お疲れ」と答える。

「これからどうだい？　今日の反省会」

左手を下ろし尋ねるキースに、ネイサンは一瞬困ったように首を傾げると見せかけ、一転嬉しそうに両手を合わせる。

「は〜、あんたってホント真面目。でもそこがいい！」

また別の部屋では、アントニオとイワンが向かい合って座っている。二人とも真剣な表情で緊張感すら漂っている。

「何か直して欲しいところがあれば何でも言ってくれよ」

アントニオが先に口を開き、イワンは小さく答える。

「いえ、特には」

「何でもいいんだ！　もっと仲を深めるためにも、さぁ！」

思わず、といった調子で両手を前に出し、アントニオが促す。すると、イワンは考えながら控えめに切り出す。

「ん……じゃあ、筋トレ」

「ん？」

聞き返すアントニオに、さらに控えめにイワンは続ける。

「筋トレ中の声が、ちょっとうるさいかなって」

それを聞いたアントニオはやや動揺したように目を逸らしたが、何度も頷いた。

「おう。そうか、おう……」


パオリンとラーラの控え室では、迎えに来たナターシャがドアを開ける。

「着替え終わった？」

部屋を覗き込む彼女に、パオリンは人差し指を唇に当て、視線をラーラに移す。そこにはソファで眠ってしまっているラーラがいた。パオリンは彼女の姿に微笑む。

「デビューしたばっかかだもん。緊張しちゃうよね」

あどけない寝顔をナターシャもパオリンも優しく見つめる。

カリーナは、着替えを終え、ため息とともにカーテンを開けた。

「ふぅ……ん？　あれ？　あいつって？」

控え室にはライアンの姿はなく、『タイタンインダストリー』のロバートだけが待っていた。

「ライアンならもう帰ったけど」

ロバートの言葉にカリーナは視線を逸らす。

「ふーん。そういうスタンス」

カリーナがそうつぶやいた頃には、ライアンは既にバイクを走らせて帰路の途中だった。

昴とトーマスはマネージャーの女性――カルロッタの運転する車で帰路についていた。

「さっきは〝俺ら〟って言ったけど、まだお前を仲間って認めたわけじゃねぇからなトーマス」

そう言って昴はトーマスをチラッと見たが、トーマスは前を見つめ、筋力トレーニング用のボールを握りしめている。

「安心していいよ。それは僕も同じだから」

トーマスは淡々と答える。二人の不穏な空気を察したカルロッタが運転席から忠告した。

「ちょちょちょ、君たちはバディなのよ。ちゃんと二人で協力して……」

昴は彼女の言葉を遮り、強気に返答する。

「その辺は上手くやるっすよ。ビジネスパートナーとして。な？」

「ああ」

トーマスはボールを握りながら答える。昴はその様子を見つめた後、無言で車窓に視線を移した。


虎徹は一日の勤務を終え、アパートに帰って来た。

「ただいま～」

誰もいないことはわかっている。しかし行きがけに友恵や楓の写真に挨拶するように、帰って来た時も「今日も無事だったぞ」という報告の意味を込めて虎徹は帰りの挨拶をすることにしているのだった。

虎徹が部屋の電気をつけると、すぐさま、電話のコール音が聞こえてきた。

「うわっ」

慌てて服を脱ぐとビデオ通話をオンにする。その時間はわずか数十秒？　の早業だ。

「はいはい～」

何食わぬ顔で、虎徹はヨガのポーズを取りながら通話しだした。

「あ、よしよし、ちゃんとやってるね」

「おう言われた通りやってますとも、ヨガ」

モニターには楓が映っている。

ちょっと前まで本当に子どもだったのに日に日にしっかりして、ますます大人顔負けのことを言うようになった――。

そんなふうに感じる虎徹である。

「もうお父さん歳なんだから、気ぃ遣ってね」

こんな言い草は友恵を通り越して、母の安寿ぐらいしっかりして見えるときがある。

「ありがとうな。それより今日は何習った？」

「別にいつも通りだし。あ、でも今日学校でね、先生に褒められたよ」

得意そうな電話越しの楓に、虎徹はついつい目尻が下がるのだった。視線を写真立てに移すと、微笑んでいる友恵がそこにいた。


時を同じくして、バーナビーはマンションに帰って来た。カードキーでロックを開錠し、ドアを開けて中に入る。

「ただいま、帰ったよ。ごめんね、遅くなっちゃって」

親しげに声をかけるバーナビーの視線の先には、観葉植物の鉢がいくつも並んでいる。

「今お水あげるからね」

バーナビーは優しい笑みを浮かべ、植物に歩み寄ると、しゃがんでそっと葉を撫でる。

霧吹きで水をやりながら、バーナビーは観葉植物たちに今日一日の報告をした。

「今日もいろいろあったよ。あ、そうそう、お昼はひよこ豆のカレーを食べたんだけどね……」

バーナビーは植物たちと話をすることが癒しとなっていた。

翌日。

俺は抜けるような青空の下、飛んでいくボールを目で追っていた。

「「「ナイスショット！」」」

俺、バニー、ロイズさんの声はぴったり揃っている。ボールを打った張本人であるお偉いさんの男性は満面の笑みで振り返った。

ここはゴルフ場。俺もバニーもゴルフウェアを着て、絶賛接待ゴルフ中だ。ヒーローの仕事には、接待も含まれる。ほんっとサラリーマンとまったく同じだよな。

「ヒーロー二人にそう言われると気持ちがいいねぇ」

「実際お上手ですからです、ねぇ」

ロイズさんが俺たちを見る。同意せよ、と言わんばかりに。俺もバニーもビジネススマイルを浮かべて「ええ」と頷く。

「君らが打つときにはハンドレッドパワーは使わないでくれよ、ははは！」

よかったよかった。上機嫌でプレーしてくれている。俺たちも合わせて笑うしかない。

お偉いさんに電話が入り、席を外すと途端にロイズさんが眉をひそめた。

「うちの大スポンサー様だぞ。失礼がないようにね」

「わあってますよ」

十分やってるつもりなんだけどなぁ。まぁ、バニーとギスギスしてるのは変わんないけど。

「だったらもっと、二人のコンビ感で盛り上げなさいよ。直接喋ってないじゃない」

ロイズさんは鋭いところに切り込んでくる。げ、バレてる。

「いや、だってコイツが〜」

わかっている。大人げないってことぐらいは。けど、俺も歩み寄ろうとしたんだって……そんな抗議の意味を込めてバニーを指さそうとすると、ヤツはまたメモ帳をサッと見せてきた。

『お静かに』

だあああ！　ゴルフ場でのそれ（マナー？）と、かけてんじゃねぇよ！

俺が一人悶絶していると、ＰＤＡの呼び出し音が鳴る。バニーも俺も反射的に気持ちを切り替えた。

『ボンジュール、ヒーロー。三分前、ブロックス工業地区でガソリンを積んだタンクローリーが事故を起こして火災が発生。逃げられず残された人が多数いる模様。すぐさま救助にあたってちょうだい』

アニエスの声にバニーも俺も「了解」と告げた。

虎徹とバーナビーが目的地に向かう途中で、再びアニエスから通信が入る。

『みんな、昨夜起きた強盗事件の犯人がダウンタウン地区で発見され、ヒーローに出動要請が出たわ。でもタイガー&バーナビー以外は火災現場にまず向かって。二人は今ダウンタウン地区よね？』

「ああ」

虎徹が頷く横で、バーナビーも「ええ」と答える。

『まずあなたたちが強盗犯を追って。救助が済み次第皆も向かう』

虎徹とバーナビーは目を合わせずに、それぞれ答えた。

「「了解」」

『ジャングル』のロッカールームでは、昴とトーマスがアニエスの通信を聞いていた。トーマスは犬の形のグミを見つめ、それを口に入れる。昴はトーマスの肩に手を置いた。

「おい」

トーマスが振り向くと、昴は張り切った調子で話しかけた。

「俺らも強盗犯狙わねぇか？　こっち行ってても目立てねぇだろ？　向こうはタイガー&バーナ

ビーだけ。活躍するチャンスじゃね？」

身を乗り出す昴に、トーマスは何も答えず思案する様子を見せている。

逃走中の強盗犯はパトカーと警官たちに囲まれながらも、ニヤッと笑みを浮かべている。よほど自分の力に自信があるのか、余裕に満ちた笑顔が不気味な印象を与える。

警官が銃を発砲するが、強盗犯の両の手から銃弾がバラバラと地面に転がった。

「しつけぇな〜、諦めろって」

——銃弾を受け付けない？　ってことはあいつの能力は——。

強盗犯を見下ろせる倉庫の屋根の上で、ワイルドタイガーはバーナビーと二人、タイミングを窺う。バーナビーはデータを解析している。そこへ足音がして、彼らは思わず振り向いた。

「え〜まだ喧嘩中なんすか？」

歩いてきたのはブラックとトーマスだった。

「あれ？　なんでお前ら——」

——ブロックス工業地区で救助してるんじゃ？

ワイルドタイガーがそう尋ねる間もなく、ブラックが先に飛び降りた。

「お先ぃ」

ブラックは両手でバリアを出しながら犯人に近付いていく。トーマスも後を追う。

「おい、待て！」

ブラックは既に犯人に迫っていた。高所を移動してきたトーマスも、すぐそばに飛び降りた。

強盗犯は二人に気付き、振り返る。

「おうおう、ヒーロー様の到着か！」

ニヤリと不気味な笑みを浮かべ、強盗犯はまたしても余裕の表情を見せる。何でも受け入れてやる、と言わんばかりに両手を広げている。

『ちょっとアンタたち！　救助に向かいなさい！』

アニエスがインカム越しに注意を入れてくる。やはりブラックたちの単独行動だったか、と虎徹は腑に落ちる。

「了解！　すぐ片づけて向かいまぁす」

『ちょっと！』

しかしブラックはアニエスの制止を振り切って走り出す。

一方トーマスは能力を発動させ、地面に散らばっていたスクラップを操った。金属片は強盗犯を目がけて飛びかかる。

だが、強盗犯は両手を広げ、前に出す。すると今にも強盗犯に襲いかかろうとしていた金属片がピタッと止まり、続いて地面に落下した。

「！」

トーマスが息を呑んでいる。自分の能力が通用しないことを悟り、次の手を探っているように見受けられた。

けれどもブラックは逆に勢いづいて前に出る。

「残念だったな！　相棒！　俺のバリアで圧し潰してやる」

ブラックは走りながら両手でバリアを出し続ける。

『待ちなさい！』

突進しようとしたブラックはアニエスに待ったをかけられ、既のところで急ブレーキをかけた。

「だあっと、ええ!?」

アニエスが声を低くして告げる。

『今入った情報によると、そいつはアンゼイ・ヘドマン。世界各地で強盗行為を繰り返しているそうよ』

虎徹も息をひそめて情報を聞いていた。

「有名人!?　なおさら燃えんじゃん！」

ブラックは連続強盗犯だと知ってなお、高揚している。ポジティブなヤツだ、と虎徹は考えた。

『厄介なのが能力よ。触れた物の動きを止めるみたい』

――なるほど、それで放たれた弾丸を受け止めたり、トーマスの操る鉄クズを止めたりできたわけだ。確かに便利な能力だ……悪用されれば厄介なことになるが。

虎徹はアニエスの情報を聞き納得した。

「でしょうなぁ、んなこと見てれば察しがつきま……」

『人間にも効くらしい』

暢気に話を続けようとしたブラックを、アニエスが有無を言わさず遮る。

「は？」

『昨日触れられた警備員が心肺停止に陥り、命を落としかけたそうよ』

——動いているものは、すべて止められる。防御だけじゃなく、攻撃にもなるってことか。

情報を分析していた虎徹に一気に緊張感が走る。

「いや平気っす！　俺のバリアなら」

ブラックはバリアの面積を広げる。だが腕組みをしたまま聞いていたトーマスがボソリとつぶやく。

「出し続けられるのか？」

その言葉に動揺し、ブラックのバリアが小さくなる。

バリアも一定の力を保ち続けることが困難であることが窺えた。

「ふっ。俺は止めらんねぇぞ。ホラ、そこあけろ」

強盗犯・ヘドマンはしたり顔で警察官たちを煽っている——。

これはもう行くしかねぇな。

バニーを見ると、いつでも行ける準備はできているようだ。俺はワイヤーを射出する。喧嘩中だから、目を合わせることもなく、俺は先に跳んだ。そのすぐ後にバニーが跳ぶ気配を感じながら。

「待て待て待てぇ〜〜！」

大きく跳んでブラック、トーマスの目の前で、我ながら華麗な着地が決まった！

バニーはヘドマンの斜め後方に着地。それを見たヘドマンは不愉快そうな顔だ。

「チッ、増えやがった」

「お前さん、何でも止めちまう能力らしいが、んなもん俺には効かねぇ！」

俺は能力を発動させるため、集中力を高めた。

「はぁあああ!!」

体が発光し、体全体にパワーがみなぎってくる。ハンドレッドパワーを発動させた俺は、その瞬間からたった一分間のカウントダウンが始まる。

『タイガーどうするつもり!? スーツ越しでも触れられたらどうなるかわからないわ！』

アニエスが焦った声を出す。だが俺は慌てず、インカム越しにメカニックの斎藤さんに話しかけた。

「斎藤さん！ 頭部の切り離しできるか？」

『いいよ、待ってて』

すぐに応答がある。斎藤さんと言えばの、いつも通りの小声だ。

『はいＯＫ』

チャチャッと斎藤さんが俺の希望を汲んで対応してくれた。やっぱ斎藤さんは天才だな。

「よっしゃ！」

マスクを勢いよく外すと、すかさず犯人に呼びかけた。

「何でも止める能力だろうが俺がハンドレッドパワーで投げた剛速球なら止めらんねぇだろ！」

どうよ、この妙案。だが、アニエスには不評みたいだ。

『何それ！　そんなフワッとした作戦なの!?』

フワッとした作戦ですみませんねぇ。

ブラックもトーマスを指さす。

「イヤ、コイツの攻撃見てなかったんすか？　無駄っすよ無駄」

ブラック、トーマスも困惑する中、俺は両手でマスクを掴む。

「うるせえ！　ハンドレッドパワーをなめるんじゃねぇ。うおおおお!!」

ヘドマンが俺の手の動きに集中する。俺のマスクが飛んできたときに阻止できるよう、両手を広げ体勢を整える。

俺は思いっきり振りかぶって、マスクを投げつけた。

「くらえぇぇぇぇ～～～っだっ！」

ハンドレッドパワーを発動した俺の腕力は思った通り、いや思った以上の威力で、マスクは空高く飛んでいく。

「あ！」

飛ばしすぎた？

「あああああ」

空を見上げるブラックとトーマス。

ヘドマンも呆れた表情を浮かべてマスクを目で追う。

が、その瞬間、バニーが大きくジャンプして明後日の方向に飛んだ俺のマスクを蹴った。

「はっ！！！」

マスクは軌道を戻してヘドマンの頭に直撃。ヤツはバニーのスピードに手を上げることすら間に合わず、大きくよろけると地面に倒れた。そのまま気絶してしまったらしい。ピクリとも動かない。

見たか。俺の、いや……「俺たちの」作戦を！

『ふー……。どちらも無事解決ね。フッ』

アニエスの安堵のため息とともに通信は途絶える。火災現場も無事消火に成功したみたいだし、一気にすべてが解決したようだ。

俺の直感の勝利だな。あと、一分間は短いようでも、使い方によっては案外長いってことだ。

パトカーがヘドマンを乗せて行ってしまうと、唖然として見守っていたブラックが声をかけてきた。

「もしかして、最初からこうするつもりで変な方向に投げたんすか？」

バニーなら俺の行動の意味を理解してくれているだろう——。そう思ったからできたわけだけど。

「ん？　まあな」

わざとそっけなく返答する。

「けど、そんなことバーナビーさんには何も」

バニーはブラックを振り返り、真剣な表情で答える。

「そんなこと、話し合わなくてもわかりますよ」

当然でしょう、と言わんばかりのバニー発言。だが、俺はそれが嬉しかった。

俺もまったく同じこと考えてたからな。

「えっ!?　……マジかよ」

ブラックはハッとして、トーマスは少し俯き、ぎゅっと右手を握りしめる。

いろいろあるんだよ。バディになるまでには。散々ぶつかって、受け入れられないのが当たり前。それでもお互いになくてはならない存在なのが、バディだと思っている。

俺は思わず身を乗り出し、バニーに話しかける。

「なあバニー、投げる前のお芝居、大袈裟すぎたかなぁ？　次やるときはもっと抑えた方が」

話し出して、じとっとバニーが見返しているのに気付く。そうだった、一応俺たち喧嘩中だったんだ。

「あ、いけね。話しかけちまった」

ぶつかっても、カッコ悪いとこ見せても、それが俺とバニーのやり方だ。大人げないと言われようと、本音をぶつけるのが俺の誠意だと思っている。

バニーはしばらく呆れたように俺を見つめた後、少し笑って俯く。

「まったく、あなたって人は」

やった、バニーが根負けした！　いや、呆れて折れたのか……？　ともかく、もう喋らないルールは無効になったっぽいぞ。

俺たち、タイガー＆バーナビーはこれでいいんだ。これからも。

俺も素直に笑って、バニーと微笑み合った。

天井から差し込んでくる光。
俺たちは地上に降りた天使の像のように神々しい姿で崩れた瓦礫の上に佇んでいる。
俺の隣には――俺の生き写しだが、髪が短い天使の像が立っている。丈の長い真っ白なコート。すらりと伸びたバランスのいい身体。俺は片手を上げ、空を見上げ、眉一つ動かさず、美しい銅像になりきっている――そう、俺たちは退屈しのぎに『銅像ごっこ』をしているのだ。

だって、こんな美しい場所には、銅像が立っているのがふさわしい気がするし、うまく作戦を成功させた俺たちは、今、最高に輝いていて、何かカッコつけたい気持ちにもなったからだ。

髪の短い美しい銅像も、ポーズを決めて、まるで表情を動かさない。

——でも、いくら何でもキメキメすぎだろうなぁ。

そんな考えがふと浮かんだら、突然こらえきれなくなって吹き出してしまった。隣の銅像——いや、相棒もつられて吹き出す。

「ブ　ふぁっ！　はははは」

「ギャア　ハハハハ」

俺にそっくりな顔で、腹を抱えて相棒が笑っている。

「ダメだぁー、これ以上真面目な顔、無理ぃ」

「僕も無理ぃ」

両手でバツ印を作って笑い転げた。

「ニヤけちゃうよなぁ。さっきの俺カッコよかったから」

「うん。僕もカッコよかった」

俺たちは最強だ。ケラケラ笑って、足元に倒れている四人を見下ろす。

「なんか、思ったより」

「「楽勝だったねぇ」」

顔を見合わせ、「ねぇ」と言い合う。相棒と一緒なら、何をしてたっていつも笑っちゃうんだ。

二人でなら、倒せない敵なんかいない――。
俺は愉快な気持ちでずっと笑い続けていた。

≫ 第2話

# No one knows the weight of another's burden.

（他人の荷物の重さは、誰にも分からない）

一人分のチェアとデスク、ノートPC一台、大型テレビモニター。けれどその他に、植物のプランターがいくつか増えた。

朝と晩、観葉植物たちに水をやったり、葉の汚れをふき取ったりしながら、その日あった出来事を話すのが僕の日課になった。

テレビをつけると、ニュースキャスターが沈鬱な表情で告げる。

『続いてのニュースです。十月九日にフェーングラート市でヒーロー四名が襲撃された事件ですが、現在も犯人の手掛かりは摑めておりません。依然四名全員が意識不明の重体で……』

ニュースの情報を聞きながら、僕は思わず眉をひそめる。

またヒーローが襲われた。非常事態である上、まったく他人事ではない。

シュテルンビルトの『ヒーロー』がバディシステムに変わったように、数年の間にこの世界は変化していた。

それは、NEXTと非NEXTの溝がさらに深まったことだ。

もともとNEXTを好まない人たちは一定数いたが、マーベリック事件やヴィルギルのNEXTによる事件からジワジワと反対派が増え出した印象がある。

そもそもNEXTと非NEXTの垣根をなくすこともヒーロー制度の目的の一つだった。それがこれらの不祥事が続き、ヒーローへの風当たりが強くなったこともありバディシステムに変わったというわけだ。

今更だがＮＥＸＴというのは——僕を含め、特殊な能力を持つ人間のことで、この世界に突然変異的に生まれた人々の総称だ。何故特殊な能力を持つに至ったかは未だ謎に包まれている部分も多い。能力は人に大きく影響を及ぼさないレベルのものから、ある種の全能性を感じさせるような強力な能力までさまざまであり、生まれたときから能力を持つ人もいれば、歳をとってからいきなり芽生える人もいる。

望んで能力に恵まれたわけでもないが、この能力を少しでも有効に活かせればと考える僕は……いや、ヒーロー全員が恐らく同じだろうが、複雑な思いがする。

「ヒーロー四人でしょ。相手、何人なのかしら」

ジャスティスタワー内のトレーニングルーム。

バランスボールの上でネイサンが、バランスを取りながらも神妙な口調で言う。同じくバランスボールでトレーニング中のパオリン、カリーナも口々に言い合った。

「集団で襲ったんだろうね、酷い」

パオリンは眉をひそめる。

「恨みがあったのかな」

カリーナの言葉に、ネイサンは動きを止め、思案顔になる。

「買いたくなくても買ってるものなのよねぇ、恨みって」

ため息をつくように、ネイサンは物憂げに感想を漏らした。

そばでストレッチをしていたアントニオは、それを聞くと真顔で体を起こし、ランニングマシンを並んで走っていた昴、トーマス、ラーラたち新人ヒーローに声をかけた。

「どうだい、ニューカマー」

呼ばれたラーラたちは、返事をしながら走る速度を緩める。

「デビューから半月。そろそろ仲良くなろうぜ」

自分たちからは声をかけにくいと推測して水を向けたのだろう、とバーナビーはアントニオを見つめていた。

「相談したいことも出てきたろ、俺らが聞くぞ」

屈託のない口調のアントニオに、ラーラと昴はマシンの動きを止める。バーナビーとイワンも卒業した、「ヒーローアカデミー」の後輩でもあるトーマスは、一人だけ躊躇せずマシンで走り続けている。

「え、あっとぉ……」

ラーラは言葉を探している様子だ。彼女も先輩たちに気を遣っていることが言動の端々で窺える。

「ほら凶悪犯に立ち向かう恐怖心が拭えないとか、捕まえた犯人に恨まれるんじゃないか、とか」

話し始めたアントニオの内容に引き寄せられるように、虎徹とバーナビー、カリーナ、パオリンも近付いてくる。

「いや、全くないっす。全く」

しかし、あっさりと昴はそれを遮った。アントニオは少々動揺を見せつつ、コミュニケーションを続けようとする。

「う……じゃあ質問でも」

「ないっす」

だが、昴は再び即答した。

「う……」

微妙な緊張感が漂う中、アントニオは、小さく呻いたきり固まってしまった。

「じゃあじゃあじゃあ、教えてください皆さん！」

ララが手を上げて元気に質問を……というよりも空気を読んで何らかの話題を絞り出したように発言する。

「な～に？」

パオリンが少し微笑んでララを覗き込む。

「皆さんがヒーローになった理由？　聞いてみたいです！」

ネイサンがはしゃいだ声を出す。

「わ、わ、昔過ぎて覚えてないかも〜」

すると、カリーナがわざとフォローを入れる。

「そんな昔じゃないよぉ」

「フォローはやめてっ！」

声を低め、睨む真似をするネイサン。

一方キースは、自らの原点に思いを馳せているようだ。

「とても懐かしいな、とても」

キースの発言に触発されたのか、イワンも嬉しそうに告げる。

「僕、八歳から目指してました」

アントニオは話題が続いていることにどこかホッとした様子だ。

虎徹は感心しながら、やはり笑みを浮かべてイワンを見る。

「へぇ〜、知らなかった」

「じゃあ一人ずつ言っていくか？」

——そういう流れか。

バーナビーはラーラが質問したときから、緊張感を持ちつつ話の転がる先を見守っていた。

——この話題には、いつか触れなければならないときが来る——そう思っていたけれど。

密かに覚悟を決め、バーナビーは身を硬くした。

「あ、バーナビーさん！」

「はい」

だがバーナビーの心の準備を無視して昴がいきなり名指しする。好奇心に満ちた昴の目は、輝いていた。

「バーナビーさんがヒーローになったのって復讐の為なんすよね？」

――なんと、答えるべきなんだろう。

バーナビーは少なからずうろたえ、ただ驚くリアクションをしてしまった。皆が一斉に息を呑むのを意識していた。

「なんかヒーローとして目立って、顔と名前売って、親殺した犯人にアピールするとかなんとか。俺、ここの出じゃないから知らなかったんで、びっくりしたんすよ」

――ああ……僕という人間を外側から見ると、そういう解釈になるのか。

屈託のない昴の声音と言葉を、バーナビーは冷静に捉えることができたが、咄嗟に返事ができずにいた。

「今はどういう気持ちで続けてるんすか？」

昴の目には曇りがなく、悪意があって言っているわけではないとバーナビーも理解していた。

しかし言葉が見つからないまま立ち尽くすバーナビーを、見かねた様子で虎徹が遮ろうとする。

「まぁ……」

虎徹が言いかけると、そこに被せるようにライアンが食ってかかった。

「なんだよ、文句あんのか？」

「いや、文句っつうか」

昴は多少気圧されながらも、不服そうな表情だ。

「きっかけなんて、何だっていいだろ。今がどうかで判断しろよ」

自分をかばって声を荒らげてくれているライアンを、バーナビーはありがたく感じていた。

だが、二人を取り成すような言葉も発することができない。

――以前にはこういうときに、もっと当たり障りなく気の利いたことが言えた気がするのだが。

「……うっせーな」

「えっ？」

戸惑うバーナビーの傍ら、昴は俯き、ボソリとつぶやく。

バーナビーももちろんだが、カリーナ、ネイサンも思わず驚きの声を漏らす。

「あ？　今なんつったボーイ？」

ライアンが低い声で迫る。だが昴も譲らず食ってかかる。

「俺は『困ってる人を救いたい』ってヒーローになったんで俺とは違うなーって話っすよ！」

「そりゃあ立派な目的だけどな」

ライアンはそう言って、背中越しのバーナビーを指さした。昴の視線がさらに強く突き刺さるように感じてバーナビーはハッとする。

「ジュニア君の十分の一も活躍できてねぇんじゃ、喧嘩売る資格もねぇんじゃねぇの？　あ？」

ライアンは昴の胸に指を突き付け、なおも睨み合っている。

しかし昴は小さく舌打ちしてライアンの手を払いのけると、トレーニングルームから立ち去った。

重苦しい沈黙が部屋の中を包む。

皆が動向を見守る中、トーマスだけは変わらずイヤホンで音楽を聴きながらマシンで走り続けている。

虎徹が心配そうな視線をバーナビーに向ける。それを感じながら、バーナビーはライアンのもとへ歩み寄った。

「なんだかすみません」

「こっちこそソーリー。元相棒としてカチンと来てさ」

ライアンの言葉が素直に嬉しく、バーナビーは自然に笑みがこぼれた。誰かが自分のために、心から怒ってくれるというのは、ありがたいことだ――と感じる。

「あ、けど、今、一番大事な相棒はアンタだからな」

ライアンはわざと大げさな口調とパフォーマンスでカリーナにフォローする。

「何、何？　別にいいんだけど」

「焼き餅焼くなよ『姫ぇ〜』」

からかうようなライアンの言い方にカリーナは、驚きで声を上ずらせ、言い返す。

「はぁ？？？　今なんつった？」

言い合うライアンとカリーナを見ながら、また自然に笑ってしまうバーナビーだった。

——言いたいことが言い合える関係、ということは——この二人はいい関係を築きつつあるようだ。

バーナビーは考えるともなくそのような印象を持つ。

それに対してまだトーマスは一人黙々と走り続けている。出て行った昴を追いかけることもなく。

別に、誰かと喧嘩をしたいわけじゃない。
俺は——少しでも早く手柄を立てたいと思っていただけだ。ここではヒーローたちは皆ライバル。親切そうにしていても、ポイント争いで譲り合うことなんてない。
活躍しなきゃ。
カルロッタさん——俺の所属する企業、『ジャングル』で、俺たちのマネージメントをしてくれているちょっと厳しい女性だ——が、いつも脅し文句のように言う言葉が蘇る。

「もうちょっと活躍してもらわないと、このままじゃ辞めさせられちゃうよ」

わかってる。ヒーローは成果を挙げなければ、企業にだって所属していられない。

地元のヒーローたちにだって、顔向けできねぇ……。

俺は、シュテルンビルトから離れた地元のパンジャーニー市でヒーローをしていた。最年少ヒーロー『ハローグッバイ』として地域の安全のために活動していた。

仲間は皆、気がいい奴らだった。

「いってこいよ！　絶対ハローグッバイだったら活躍できる！」

「まだ若いし、俺らより強いんだからできるって」

シュテルンビルトのヒーロー採用試験に合格したときも自分のことのように喜んでくれた。

「すげぇよ！　シュテルンビルトのヒーローだぞ」

「頑張れよ、お前が活躍してくれることが刺激になる！」

そう言って送り出してくれた仲間が俺の励みで、誇りだった。

頑張ってる。でも、もっと頑張らなきゃいけない。

壁を叩いても、虚しさは消えないのに、持っていきようのない気持ちから思わず壁を叩く。

「……くそ……くそ!!」

このままじゃ、絶対に終われない。

　アポロンメディアのオフィスで、バーナビーは写真集にサインをする作業を黙々と行っていた。一冊ずつ書いては重ねていく。ファンが望んでくれるなら、これも大事な活動の一環だとバーナビーは考えていた。

「仙石昴、十七歳。パンジャーニー市の元ヒーローよ」

「へぇ」

　バーナビーから少し離れた距離でアニエスが、手元のモニター画面を読み上げる。その横で虎徹が彼女からの情報に興味深そうに聞き入っていた。二人の会話はバーナビーの耳にも入ってくる。

「現地で最年少ヒーロー、ハローグッバイとして活躍。ただ全三名の小規模な活動だったみたい。でもシュテルンビルトの新ヒーロー採用試験で優秀な成績を残し採用されたと……」

　アニエスが続けてプロフィールを読み上げると、感心したように虎徹が言う。

「ヒーローだったのか……」

「どうしたの？　わざわざ呼び出してまで教えてくれだなんて」

　アニエスは資料から目を上げて虎徹を見る。思惑を読み取ろうとするような目だ。

「ま、仲間について知っておきたい的な」

バーナビーもサインをしながら話に集中していた。

「ふうん。ここまでが関係者へオープンにされている情報ね。あとは私も知らないわ」

「そうですか……」

虎徹は思案顔で頷く。

奥から斎藤さんがやってきて、通り過ぎるときに虎徹とバーナビーに手を上げて挨拶してくれる。虎徹もバーナビーも、同じように手を上げて挨拶した。斎藤さんが通り過ぎると、虎徹は尋ねた。

「トーマスはどんな奴です？」

アニエスはタブレット画面をトーマスの資料に切り替え、読み上げる。

「トーマス・トーラス、十七歳。ヒーローアカデミーの優秀成績者であり試験免除で採用されたのよ」

「ほーん」

虎徹が相槌を打ったタイミングで、バーナビーはサインの手を止め二人の会話に入った。

「トーマス・トーラスのことは先生方からよく聞いていました。僕が作った能力非発動時の身体測定での記録も、軒並み彼が塗り替えたそうです」

トーマスはバーナビーの後輩で、優秀だという噂も伝わっていた。トーマスの態度を見る限り、至ってマイペースでできるだけ人とも距離を置こうとしていることが伝わってくる。優秀で冷静だがバディとしての意識は薄く、個人での行動を優先する印象をバーナビーは持っていた。

「そんな奴が相棒になってプレッシャーもかかってんだろうなぁ」

虎徹は昴に同情しているのか、困惑した表情で天井を見上げた。

「力になってやりてぇけど、素直に受け入れるタイプじゃなさそうだしなぁ」

――そう言うだろうと思った。

バーナビーは内心では笑みを隠せなかったが、それを悟られないように気を付けながら忠告した。

「また虎徹さんのお節介が出た。いいじゃないですか、見守るくらいで。どうせ『うるさいおじさん』扱いされて終わりですよ」

「仕方ねぇだろ。ホントに『うるさいおじさん』なんだから」

虎徹は即座に言い返したが、バーナビーにはわかっていた。

――ただ見守ることができないのが、虎徹さんなのだ……。

そのとき、アニエスのタブレットから着信音が鳴る。

話しているアニエスを横目に、ペトロフ管理官からの出動要請だと察したバーナビーは虎徹と無言のまま駆け出した。

「はい！　アニエス」

一刻一秒を争う中、出動準備をしながら二人は通信でアニエスの指示を聞く。

『みんな、イーストブロンズで放火事件が発生したわ！　犯人はドラッグ「MAXHAPPY」

を服用し火を放った模様。今も暴れてるらしいから犯人確保とともに、近隣住民の救助をお願い』

「了解！」

虎徹とバーナビーはヒーロースーツを装着する。認証部分へタッチすると、光が全身を包み、インナースーツがあっという間に装着される。メカニックの斎藤さんが最新の装備を整えてくれたこともあり、装着はスムーズ、着心地もこれまで以上に快適だ。

技術上の詳しいことはわからないが、腕に装着したバングルを操作すると光の粒子が全身を包み込み、ヒーロースーツを形作る。この仕組みを『ハイパーナノシステム』と、斎藤さんは呼んでいた。以前のスポン！　と伸び縮みしたスーツを着るスタイルにも驚かされたものだが、今回のスーツは、さらに進化している。

斎藤さんの技術の高さにはいつも目を見張る二人だった。

『ワイルドタイガー、ヒーローモード』

『バーナビー、ヒーローモード』

全身のアーマーが装着され、バーナビーは完全にヒーローとしての『バーナビー・ブルックスJr.』になる。

隣では虎徹もアーマーを装着し、『ワイルドタイガー』として毅然とそこに立っている。

――行こう。

バーナビーは決心を固めると小さく息を吸い込み、ダブルチェイサーを走らせた。

「いやけど！！！　これが全然鳴らなかったら気付けないっすよ、そりゃ」

俺は、他のヒーローたちが事件に出動し解決し終えるまで、モヤモヤしたまま立ち寄った公園で、まったく知らずに眠ってしまっていた。

というのも、手首に装着していたＰＤＡが作動しなかったのだ。

アニエスさんは再三連絡をくれたらしい。だが、俺だけのせいではないと訴えていた。

ジャングルのオフィスに呼び出された俺はカルロッタさんとＣＥＯにバッチリお説教を食らうことになった。

「君のミスでしょ。外出する際はピーデーエーの作動確認をって、言ってあった……」

「……忘れちゃって」

カルロッタさんの言い分はもっともだった。もっとも過ぎて聞いていられないぐらいだったけど、何とか耐えた。

トーマスはうつむいたまま、無言でボールを握ったり緩めたりを繰り返している。トーマスは握力を鍛えようとでもしているのか？　暇さえあればボールで筋トレをしている。

「おめでとう昴君！　良かったな！」

それまで怖い顔をしてスマホを見つめていたＣＥＯがようやく口を開いた。

「へ？」

「初めてだって、ヒーローの無断欠勤」

俺は咄嗟に息が詰まるような苦しさを感じた。

「君は歴史に名を残したね。もう辞めても悔いはないだろ？」

クビ？　それはまずい。それだけは嫌だ。

「いやＣＥＯ」

だが必死に説明しようとした俺をＣＥＯはあっさり遮る。

「現在、君の獲得ポイントは最下位だ。さっきの事件も、君無しでトーマス君は手柄を上げた。もう君の存在意義はないんじゃないか？」

「そんな……」

俺は言葉を失った。それまで黙っていたカルロッタさんがため息をついてから、ＣＥＯに話しかける。

「やっぱりサポート役に徹してもらいましょうか？」

ＣＥＯは帰り支度を進めながら、短く「そうだね」と言い放つ。

「サポート？」

ＣＥＯがスーツのボタンを留め、話の途中で部屋を出ていこうとしている。俺はカルロッタさんを見つめる。

「君の能力はバリアでしょ？　主として防御に使うものだから、トーマスを防御し、トーマスが攻撃を仕掛けやすくサポートするポジションで……」

「冗談じゃないっすよ！　この俺がサポート？」

　たまらず反論してしまう。クビは嫌だけど、裏方に回るのも嫌だ。俺はサポートするためにヒーローになったんじゃねぇ。

　立ち去ろうとしていたCEOが足を止める。

「君ねぇ。『この俺』とか言っちゃう？　実際活躍できてないんだし、人気だって今のとこ……」

　CEOは苦笑している。俺は溜まっていた怒りが一気に爆発した。

「何なんすか！　シュテルンビルトのヒーローって！　ちゃらちゃら写真集出したりCM出たり。人気とかどうでもよくないすか？」

　怒りは止まらず後から湧き出てくる。

「ヒーローって悪い奴倒して、誰かを助けるのがヒーローじゃないんすか！」

　Mr．ブラックになってから、ずっとずっと思っていたことだった。

　誰か答えを教えてくれよ。俺は間違っちゃいないはずだ。

　だが、CEOはため息をつくと、今度こそ部屋を出て行きながらこう言った。

「そういうこと言うの、活躍してからにしてくれよ」

　……ああ、そうかよ。

気まずかったが、家に帰らないわけにはいかない。

しかも、トーマスと一緒にあてがわれているマンションに、だ。

俺の中ではまだ怒りは収まってないし、自分の失敗とか、企業の人たちの大人の事情とか、そういうのが全部ごちゃごちゃになって叫び出しそうだった。

けど、トーマスは冷静だ。

エレベーターの中でも、いつものようにトーマスはグミを噛んでいる。メーカーもいっつも同じ。可愛いワンちゃんの形をしたグミだ。

俺は、トーマスがこのグミを食べているか、筋トレ用のボールをグニグニしているところか、黙々とトレーニングをしている姿しか知らないかもしれない。

トーマスの考えていることは、わからない。俺たちは、お互い「ビジネスパートナー」として割り切ってスタートした。

以前、カルロッタさんに送ってもらった車の中で、俺の方からそれをはっきりさせたが、わかっていると言われるとどうにも割り切れない気持ちになった。

「なぁ、お前はどうしてヒーロー目指したんだよ」

そう言えば、先輩ヒーローたちの理由も全員には聞けてない。トーマスはもう一つグミを口に放り込む。

「ん？　……なんとなく」

「うっ！　なんだよそれ……ふざけんなよ!!　何でそんな奴のサポートなんだよ。冗談じゃねえ!! 名前だって、勝手に変えられてよぉ! Mr．ブラックって完全になんか裏方って感じじゃねぇか!」

名前を付けたのはトーマスのせいじゃない。わかってるのに感情が止まらない。トーマスはグミを食べながら黙って聞いている。……つーか、俺を無視してるように思える。

「なんだよ『黒ずくめ男』って! いいよなお前は、自分の名前なんか入っちゃってよぉ! 『ヒーイズトーマス』って誰目線なんだよ!!!」

トーマスがぼそっと答える。

「勝手につけられただけだ」

エレベーターが到着して、俺は怒りに任せて先に降りた。トーマスの視線を感じたが、俺は先に部屋に向かった。

「ああもう!」

俺、めちゃくちゃカッコ悪い。

室内の湿度は、注意していてもどんどん下がっていってしまう。

植物のプランターの前にかがみ、霧吹きで葉の一枚一枚に水分を吹き付けていく。

部屋の中には絞ったボリュームでクラシック音楽が流れているが、心はあまり落ち着いていていない。

普段ならクラシック音楽をかけて、植物たちに今日あったことを話すのだが、ついぼんやりとして無言になってしまう。

ブラックは放火事件の現場に一人だけ現れなかった。

彼のまっすぐな目を思い出す。

『バーナビーさんがヒーローになったのって復讐の為なんすよね』

それは紛れもない事実だ。しかし、その通りだとも、今は変わったとも、何も言い返すことができなかった。

無意識に写真立てに視線が移る。

幼い頃の僕と、幸せそうに寄り添ってくれる父母。

それに僕と、父母が元気だったころ家政婦として働いてくれていた——僕にとっては家族同然の女性、サマンサおばさん。

一時期のように写真そのものを見るだけで目を逸らしたくなるような気持ちは、少しだけ薄れた。でも、当然だがこの苦しみが無くなることはない。

それは、僕が両親を失ったあと〝あの人〟に育てられたことも同じだ。並んでいる中で一つだけ、後ろ向きになっている写真立てがチラリと視線に入った。その写真に写るのは、笑顔の〝あの人〟が僕の肩に手を回している姿だ……しかし、すぐに僕は目を背けた。

重苦しい想いを抱いたそのとき、ＰＤＡの呼び出し音が聞こえる。

『ボンジュール、ヒーロー！　至急集合願います！　繰り返す、至急集合願います』

PDAから発せられるアニエスさんの通信を聞きながら部屋を飛び出した。

悩んでいる暇もないということか。

「ん!?」

トレーニングセンター内の休憩室。

ヒーローたちが全員揃ったのを見計らい、アニエスが書類を広げる。傍らにはペトロフ管理官も神妙な表情で同席していた。

「ウルバノ・ベロン。巷に氾濫しているドラッグ、『MAXHAPPY』を製造、流通させてる張本人ね」

パオリンがやや硬い表情で質問する。

「それって今日の放火犯が」

アニエスは頷き、一人一人を見ながら伝える。

「そう、危険な代物らしくてね、使用して命を落とす者、幻覚を見て銃を乱射、放火する者、このせいで何人も亡くなってる」

それまで多くのヒーローたちが黙っていた中、ライアンが口を開いた。

「その元凶のアジトに突入するってことな？」

アニエスは大きく頷く。

「そう！　ここで確実にベロンの活動を止めてほしいとの要請なの」

アニエスの隣で、ペトロフ管理官が顔を上げる。その目は冷静そのものだ。

「これまで警察が幾度もドラッグの製造機を押収するべく突入したそうですが、その都度、消えてしまうのだと」

「消える？」

キースが不思議そうに復唱し、ネイサンは首をかしげる。

「存在していたはずの製造機が一瞬で」

「そういうＮＥＸＴ……？」

ペトロフ管理官の言葉に、カリーナがつぶやく。すると管理官は頷き、続けた。

「恐らく。近々大きな取引があるとの噂もあり、現在倉庫に製造機が存在するとみられているのですがまた消えてしまっては逮捕できません。ヒーローの皆さんにはアジトに潜入し製造機を押収していただきたい」

「潜入ってことは、まさか!?」

虎徹、アントニオがハッとした顔で声を上げるが、昴は一人、ニヤッと笑みを浮かべる。

ペトロフ管理官が写真を取り出し、冷静な声音のまま告げる。写真には、ひげ面の男が写っていた。

「折紙サイクロンがこの男に擬態を」

名前を呼ばれたイワンが息を呑んだ。

「フリオ・ザニーニ。ベロンの右腕とされる男で本日未明、酒場で乱闘を起こし警察に拘束されています」

「その拘束期間の間に潜入させちゃおうってことね」

ネイサンが張りつめた空気を破りつつ話を進め、アニエスがそれに補足する。

「潜入した折紙はベロンが能力を発動させる前に製造機を確保する」

「そのクルクルヘアーの能力は明らかになっていないんですよね？」

虎徹が質問すると、アニエスは頷いた。

「だから、チャンスは一度きり。映像に映せても消えてしまえばどうにでも言い逃れできる」

ここまでの情報を聞いていたバーナビーが口を開く。

「かなり危険を伴います。それを折紙先輩一人に担わせるというのは……」

アントニオも頷き、十分理解しているといった様子でアニエスが答える。

「確かに。アジトの奴らは常時襲撃に備えて武装してるらしいの。だから全ヒーローを周囲に配置し、万が一に備える。トーマスが能力で製造機を移動させる策も考えたけど数百キロあるそうなの」

トーマスはアニエスの発言を受けて、全員を見る。

「じゃあ無理か。僕が動かせるのは、実際、この手で持ち上げられるものだけなんで」

トーマスが告げると、ラーラとパオリンが残念そうな表情になる。

「けどアニエスさん、何か他の策は」

「僕は平気ですよ。皆も近くにいるんだし」

心配そうに切り出したアントニオに、イワンはわずかに微笑んで言った。

「ん……」

それでもアントニオの不安そうな表情は変わらない。

「いや〜、めっちゃおいしいっすね折紙さん」

心配と緊張で張りつめた場の空気を、昴が軽々と破ってくる。驚きの声を上げるパオリンとラーラ。バーナビーも思わず昴を見る。

「いいなぁ〜。こういう時、どうなるんすかＨＥＲＯ ＴＶ。生中継（なまちゅうけい）なんてできやしない……」

「あ〜ら〜契約（けいやく）ん時に説明あった筈（はず）ですがぁ？　聞いてなかったのかよ」

昴の口調にはまるで悪気がなく、無邪気（むじゃき）にした質問をライアンが遮る。

「ちょっと、言い方！」

煽（あお）るようなライアンを、カリーナが見かねて止める。しかし昴は辛辣（しんらつ）なツッコミにもひるんではいない。

「どうなるんすか？」

結論を知りたがる昴にアニエスが、やれやれというように説明する。

「録画よ。事件解決後に放送。映像はスーツからのものを組み合わせて……」

それを聞いた昴はガッツポーズを取る。

「おっしゃあ！　活躍すれば、ちゃんと残るんすね。折紙さん、こっちにもおいしいところ残してくださいよ」

皆がどこか冷ややかな視線を送っている。当の昴はそれに気付いていないが、気配を察したトーマスはわずかに表情を動かした。

――ただ一生懸命なんだろう。活躍することに。

バーナビーもまた、そう胸の内で考えながら昴を見つめた。


ベロンのアジト付近。

ヒーローたちは、それぞれの持ち場についていた。作戦の始まりを控え、バーナビー・ブルックスＪｒ．は皆の位置を視線で確認する。

クレーンの上にはスカイハイとファイヤーエンブレム。

アニエスが通信で告げる。

『そろそろ折紙が着くわ』

コンテナの陰にはドラゴンキッドとマジカルキャット。バーナビーとワイルドタイガーも別のコンテナの陰から様子を見守っていた。

下水道にはブルーローズとゴールデンライアンが待機している。

ガントリークレーンの陰にはロックバイソンが隠れている。

「集中しろ、集中しろ……。いける、俺はいける」

自分に言い聞かせるように、待機中のブラックは一人つぶやく。そんなブラックをトーマスは傍らで静かに見つめていた。

ヒーロー全員が折紙サイクロンをフォローすべく、倉庫を取り囲んでいる。そんな状況の中、入り口を見ていたドラゴンキッドが短く皆に告げる。

「来たよ」

やがて倉庫前に一台のタクシーが止まった。タクシーからは折紙サイクロンが擬態したザニーニが降りてきた。

「頼むぜ、相棒」

ロックバイソンが小さくつぶやく。

折紙サイクロンの擬態は姿かたちを変えるだけでなく、その人物にふさわしい仕草や行動、声色までも再現している。

その再現度の高さから、控えていたベロンの組織のメンバーに疑われることなく無事に倉庫まで辿り着く。

「俺だ、ザニーニだ。保釈された。ちっと小突いただけだからよ」

ザニーニの口調に犯人たちは素直に頷き、擬態した折紙サイクロンは倉庫内への侵入に成功した。その流れを確認し、ヒーロー一同がまずは安堵する。

倉庫の内部。その狭い天井のキャットウォークを、ブラックとトーマスは文字通り猫のように四つん這いになって進んでいた。

トーマスが先頭で、ブラックが後を追う。ブラックは、これでは自分の活躍が目立たなくなると内心苛立っていた。

犯人たちに気付かれないように移動しながらブラックは小声でトーマスに話しかける。

「先、行かせてくれよ。ちょっとでも近い方が飛び出しやすいし」

「変わらないだろ」

「いいから」

ブラックはムキになって前に出ようとし、焦る余り浮いていた通路のグレーチングを思いきり踏んでしまった。

カン！

——やべぇ！

ブラックは声にならない叫び声を上げる。

倉庫内に金属音が響き、犯人たちが一斉に天井を見上げてきた。その中には擬態した折紙サイクロンもいる。

「撃て！」

リーダーのベロンが叫ぶと、一味が一斉に発砲する。ブラックは能力を発動し、バリアを出して銃撃を防いだ。トーマスも駆け出し、発砲している犯人らにサイコキネシスで対応する。

だが、銃も向けずに戸惑っている擬態した折紙サイクロンにベロンが気付いてしまった。

「何故撃たない！」

ベロンが折紙サイクロンに銃を向けるが間一髪、彼はそれを避ける。しかし、その弾みでザニーニの姿から折紙サイクロンの姿に戻ってしまう。

「コイツ!?」

ベロンが驚きの声を上げる。

――やばいやばいやばい。

ブラックの心中の動揺はますます強まった。

銃声を聞きつけて、僕と虎徹さんは倉庫内に飛び込んだ。

折紙先輩をベロンの銃口から逸らし、一緒に天井のキャットウォークへ上がる。

そこにいた組織のメンバーを折紙先輩がキックして倒し、彼と二人で再び着地すると、ベロンの指示で犯人たちの銃撃が止まない中、キャットウォークを駆け抜けた。

すると次の瞬間、バイソンさんが倉庫の外から突っ込んできた。

「おぉおおお！」

相棒である折紙先輩に危険が及んだ怒りか、肩のドリルを回転させ、すごい剣幕のバイソンさんに犯人のメンバーたちは圧倒され、次々と剛腕で飛ばされていった。

そのどさくさに紛れ、ベロンは『MAXHAPPY』の製造機に手をかける。能力を発動させた印である青白い光が放たれると、製造機は跡形もなく消えてしまった……ように見えた。

「！」

バイソンさんと折紙先輩が驚きの声を上げる。

一方、倉庫の屋根はベロンの手下たちの銃撃で穴が開き、今にも崩れそうになっていた。

防戦しているブラックとトーマスの様子も窺える。

上空ではスカイハイさんが圧縮した風で地上にいる犯人たちを吹き飛ばす。

「スカーーイハイ!!」

それを受けて絶妙のタイミングでファイヤーエンブレムさんが炎を放つ。

「ファーイヤー」

スカイハイさんの風に犯人たちは吹き飛ばされた上、ファイヤーエンブレムさんの炎で退路を断たれる。

残っていた別の犯人もキッドさんが蹴散らし、キャットさんが放水して、追撃する。

また、地下に逃げた犯人たちは、ブルーローズさんとライアンさんによる凍結と増幅した重力で足止めされる。

そして、パワードスーツによる銃撃の中を駆け抜けていた僕と虎徹さんは、銃弾を跳ね返しながら進む。

『タイガー、ハイパーグッドラックモード』

『バーナビー、ハイパーグッドラックモード』

　ガイド音声が流れ、僕と虎徹さん、それぞれのフェイスマスクが閉じ、表面のナノマシンが幾重にも光で覆われ、輝きはじめる。光の輪が虎徹さんの肘から指先へと、僕の脚から足先へと移動していく。『ハイパーグッドラックモード』は完了。これで準備は整った。

　虎徹さんの強烈なパンチが、僕の渾身のキックが放たれる。二人のハンドレッドパワーが同時に放たれたことで、威力が最高潮にまで到達する感覚があった。

「うおおおおおおおおお!!」

「はぁあああああああ!!」

　僕たちの一撃がパワードスーツもろとも屋根の一部を吹っ飛ばした。

　虎徹さんとともに着地すると、他のヒーローたちも合流する。

「どういうおつもりですか？　我々は侵入者がいたから発砲したまでで」

　ベロンが悪びれる様子もなく言う。するとバイソンさんは声を荒らげた。

「お前が『MAXHAPPY』生み出してんのはわかってんだぞ！」

「フンッ、どこに証拠が？」

　とぼけるベロンに折紙先輩も加勢する。

「さっきまで、そこに」

「だからどこにあんだよ！」

ベロンはあくまで強気だ。だって、そこには見えないのだから。

「いや、そこにありますよ」

僕はベロンに向かって一歩踏み出す。

皆の視線が集まるのを感じながら、目的物に向かって歩みを進める。

「あなたの能力は物体消失ではない……物体の縮小だ」

僕は能力で著しく上がっていた視力でしっかりと見ていた。ベロンが能力を発動している際に、製造機が瞬間的に小さくなるのを――。

「恐らくここに……ほら」

視線を送ったベロンの足元には、豆粒ほどの小ささに縮小された製造機があった。

「……よくわかったな」

悔しげに低くつぶやくベロン。

「ハンドレッドパワーは視力も上がるので」

スカイハイさんが驚いたように虎徹さんに尋ねる。

「ワイルド君にも見えてたのかい?」

虎徹さんは言葉に詰まり、目をそらすと恥ずかしそうに頭をかいた。

「!　いや、そんときそっち見てなくて……」

ま、まぁ気にせずに！　と前向きに励ますようにスカイハイさんが虎徹さんの肩に手を置く。

だけど、そんな彼の人柄が皆を同じように素直な気持ちにさせてくれるのだろう。

　ベロンとその手下たちは、無事に警察官が連行していった。今回の任務も無事終了……そう思ったとき、バイソンさんがブラックを問い詰めていた。

「お前、わざと音を立てたのか？　折紙に失敗させて手柄あげるために」

　慌ててブラックは否定する。

「そうじゃないっす！　ただ、トーマスより目立とうとして……ちょっと」

　トーマスが呆れたように「はぁ……」とため息をつく。

　そうだ、ブラックも素直な人なのだ。ただ誰よりも活躍したい想いが強いだけで……。

　そんな彼の気持ちはわかるが、何と声をかけるのが適切なのか。

　僕だけじゃない。そこにいるヒーロー全員がブラックを見つめる。

「なぁ、ブラック」

　口を開いたのは虎徹さんだった。

「誰が捕まえてもいいんじゃねぇか？　誰が救おうが結果として誰かが救われることが大事なんじゃねぇかな？　こんなこっぱずかしい話、表立ってしたことねぇけど、俺ら全員、同じ気持ちでヒーローやってると思う」

　僕は、ホッとしていた。虎徹さんが言葉をかけてくれたことに。これ以上ない適切な言葉を、彼に届けてくれたことに。

「それだけはわかってくれ」

そう強く語りかける虎徹さんの言葉を受けてか、ブラックは皆の方を見て深く頭を下げた。

「……今日はすみませんでした」

彼の反応にトーマスは驚いている。だけど僕はわかっていたつもりだ。虎徹さんも、たぶん皆も。

「すみませんでした折紙さん」

「もういいでござるよ」

折紙先輩はポンポンとブラックの肩を叩いた。

そんな皆を微笑みながら見ていた虎徹さんが、サムズアップをしながらしたり顔で僕を見る。

〝うるさいおじさんもたまにはやるだろ？〟

彼の表情を言語化するとそんなところだろうか。

おじさんなのにどこかあどけないような、最強の笑みを浮かべている。

だから僕も、敬意をこめて微笑み返した。

〝わかりましたよ〟

この件に関しては降参です——そんな想いも、きっと彼には伝わっているはずだ。


事件解決後の早朝。

ペトロフ管理官に呼ばれ、虎徹さんと二人、司法局の執務室（しつむ）にいた。

「皆さんいかがですか。先輩バディヒーローにはどう見えています？」

呼ばれた理由をあれこれ推測していたので少し拍子抜けした。

「……まだ分かんないです」

虎徹さんが答え、僕も同意する。

「でも、なんか変わってきてる気も」

思案する顔で虎徹さんがつぶやくと、ペトロフ管理官が短く聞き返した。

「ん？」

「俺もそうでしたが、一人のときより頑張れるんですよ、二人になると」

「！」

迷いなく、まっすぐに答えた虎徹さんが、まぶしく思えた。

虎徹さんは晴れやかな顔をしていて、僕が心の中にぼんやり思い描いていたことはそれだった、と感じる。

ペトロフ管理官は小さく頷くと、言葉を続けた。

「……バディという形になり、皆さんの正義がどのように結実するのか楽しみにしています」

その言葉に僕も虎徹さんも頷く。

管理官は目の前で組んでいた両手を下ろし、再び尋ねてくる。

「お二人は何故ヒーローを続けているんです？」

「「え？」」

僕も虎徹さんも、ふいに変わった質問に咄嗟に答えられないでいた。ペトロフ管理官は虎徹さんを手で示した。

「失礼を承知で申し上げます。あなたは五分間使用できていた能力が、一分しか出せない程に衰えてしまっている。それでも、未だにヒーローを続ける理由は」

虎徹さんは戸惑うような笑みを浮かべる。

「あ、いやまだイケると思って……野良ヒーローは認められてませんし、だったらまだやれる限りは、はい」

ペトロフ管理官が続いて視線を僕に向ける。

「あなたは？　復讐のターゲットを見つけた今もなお、ヒーローを続けている」

ブラックと同じ質問だ。あのとき答えられなかった問いを、あれから何度も反芻していた。

「……そうですね……僕は……」

どうにか言葉をつなごうとしたとき、虎徹さんが立ち上がる。

「ちょっと出てますね。失礼しまーす」

伸びをしながら虎徹さんがエレベーターへ向かう気配を感じる。これ以上はないぐらい、わかりやすい気遣いだ。去っていく虎徹さんの背中と彼がエレベーターに向かう様子を想像すると、次第に気持ちが落ち着いてきた。

「僕はこれまで、自分の人生を他者に利用され、その為に、多くの大切な人を巻き込み、失って生きてきました。乗り越えたと思ったこともありましたけど、心の奥深くでは今でもマーベリックさんへの憎しみは消えませんし、まだ心の中に暗く、重苦しい痛みがずっと居るんで

す」

胸の中につかえていたことが少しずつ言葉になって出ていく。

ペトロフ管理官が鋭い目で見つめている。

今も事あるごとに幼い頃、銃声とともに炎に包まれた光景を思い出す。それでも——。

「でも、虎徹さんや、ヒーローの仲間たちと過ごす時間の中で、変わりつつあります。以前より、気が付くと笑っていることが増えた気がします」

僕は今、自分に言い聞かせるように一言一言を噛みしめている。

「ですが、まだ自分の人生を好きだとまでは思えていません。この先、もっと多くの人を救えたら、僕の人生も悪くないと思えるかもしれない。ウロボロスの呪縛から解き放たれるかもしれない……そういう想いで、僕は今、ヒーローとして生きています」

人を助けたい、という想いの先に自分の人生への想いがあるのは傲慢だろうか。それとも、当然のことなのだろうか——僕の考えは未熟なのかもしれないし、お手本にはならないのかもしれない。でも、これが、今言えるすべてだった。

じっとこちらを見つめていたペトロフ管理官は目を閉じ、フッと息をつくと再び目を開き、静かに顔を上げた。

「……あなたにその日が訪れること、私も願います」

「ありがとうございます」

お辞儀をすると、僕も立ち上がった。澱のように静かに溜まっていた胸のつかえが、一つ取れたような気持ちだった。

たった一つでも、きっとそれは大きな進歩のはずだ。

思った以上に時間が経ってしまった気がする。

人もまばらなジャスティスタワーのエントランスで虎徹さんは待ってくれていた。

「虎徹さん？　虎徹さん？」

声をかけると、声に気付いた虎徹さんが振り返った。

「おお、お疲れさん」

「遅くなってすみません。お詫びにお水でも」

ペットボトルのミネラルウォーターを渡すと虎徹さんは笑い、慌てて何やらゴソゴソと後ろ手に隠していた。

「おお、悪いな気遣わせちゃって」

「気ならいつでも遣わされてますよ」

……なんて言ってみる。

「あらら？　バニーちゃんが気ぃ遣ってるなんて知らなかった」

「鈍感な人だ……」

ふっと笑みが漏れた。こんなことを言い合えるのも虎徹さんだからだ。

「そんじゃ、帰るか」

「ええ……」

虎徹さんが少し先に歩き出し、朝日が照らし出す中を僕も歩き出す。すると、ズボンの後ろのポケットにペットボトルが二本入っているのを見てしまった。

さっきの不自然な動きはこれだったのか。

僕の分まで買って待っていてくれたのだろう。まったくこの人は……。

そう考えかけて、ふと気付く。

ああ、やっぱり変わったのかもしれない。

僕は思わず自分の頬に触れた。

――また、笑顔になっている。

僕たちの足元には「ヒーロー」が二人、無造作に転がされている。

僕たちが立っている大きな岩のように、カチカチに固まった姿。さっきまでは人間だったのに、今はまるで石だ。

「ねぇ、今、襲った時、何て声出した？」

隣にいる頼れる相棒に聞いてみる。相棒は誰よりも強くて、僕は子どもの頃から一番近くにいながらずっと憧れてきた。今も何でも真っ先に相談している。

強さ、を除けば抜けてるとこもあるけどね。

「え？　ちゃんと二人で決めたように『サッハー』って言ったよ」

「シャッハー？」

「うん、『サッハー』」

自信満々そうな笑顔だけど。

「ちょっと違う」

「へ？」

「シャッハーだよ……」

「おお……サッハー」

「それ『サ』でしょ。シャッハーだよ。『シャ』」

「『シャ』なの、サッハーだと思ってた。確認しとけばよかったね、ごめん」

「こっちも曖昧な言い方でごめん」

僕たちは顔を見合わせて笑い合った。僕と顔がそっくり、肩まで伸びた髪型だけが違う最強の相棒。そして、僕の誇り。

もっともっと、たくさん倒そう——目的を終えるその日まで。

≫ 第3話

# Suspicion will raise bogies.

（疑いは悪霊を呼び寄せる）

放送中のＨＥＲＯ ＴＶ画面では、右に左にと蛇行するトラックが映っていた。地面はアイスバーンで、ハンドルを取られ、スリップしたのだ。

『ぬああっと！　ブルーローズのアイスバーンで現金輸送車がスリップしたぁ！』

マリオの実況と重なるように、現金輸送車はクルクル回転し、そのまま横転してしまった。

「よし」

バイクにまたがったまま、ブルーローズは凜とした表情でつぶやく。

『ああ、強奪犯は……尚も逃走を続けるようだ……』

トラックからアタッシュケースを持って逃げ出そうとしている犯人がいる。犯人は振り向きざまにブルーローズにマシンガンを撃つが、すぐに転んで地面に突っ伏した。

『おっと、これはぁ！！！』

彼女の隣では、相棒のゴールデンライアンが地面に手を付けて能力を発動していた。彼の、重力を増幅させる能力が犯人確保のとどめとなる。

ライアンはわざわざマスクオープンにして、カメラ目線でこれでもか、と決め顔を作った。

「俺のブーツにキスをしな」

そしてカメラがアップになっているタイミングで体を回転させ、ブルーローズとライアンは背中合わせになって、すかさず決め台詞を発する。

「私の氷はちょっぴりコールド」

「俺のスーツはガッツリゴールド」

呼吸を整え、さらに二人は台詞を続けた。

「あなたの」

「てめぇの」

「「悪事を完全ホールド‼」」

並んでポーズを決めたところで……ブルーローズの本日の任務も無事終了（しゅうりょう）である。

タイタンインダストリーのオフィス。

ライアンは机に足を投げ出してのけ反るように座り、不満そうな表情を作る。

「ぶっちゃけね～、さっきのあの決め台詞、何でアンタの世界観に俺が寄せなきゃなんねぇんだって話」

「そんなに嫌（いや）なの？」

向かい合って座っているカリーナはファンレターを読みながら、話を聞き流していた。

「〝俺のスーツはガッツリゴールド！〟って言われてもよ～、〝はあ？〟って感じだろ」

不満を隠（かく）し切れない様子のライアンに、カリーナも何か言いたげにチラッと視線を送る。二人の雰囲気（ふんいき）を察したのかロバートがフォローの言葉をかけた。

「まあまあ、ご存じでしょうがブルーローズはアイドル的なポジションでしてね。クールな女王様って設定が多くのファンにウケてるんです。寄（よ）り添（そ）ってもらえませんかねぇ」

「ファンなら俺にも星の数ほどいるぜ」

即、自信満々にライアンは返答した。

——設定に関しては、私も思うところあるけど、企業側の決定なんだから仕方ないでしょ。

カリーナは心の中で反論しながらも、折れる姿勢を見せる。

「じゃいいよ、あなたが思う決め台詞に変えて」

するとライアンは瞳を輝かせ、少し考えてから決め顔で言った。

「そうだな……〝俺のブーツにキスをしな〟って言ったら、君は隣で〝早くひれ伏しな!!!〟って」

「絶対ヤダ」

カリーナは間髪を容れずに答える。

「冗談冗談。けどよ、企業としてももっと俺を前面に出すべきだとは思ってるぜ」

笑いながら否定するライアンに、カリーナは胸を撫で下ろすと再び手紙を読むモード、話を聞き流すモードに入る。

ロバートはその間も戸惑い、二人に気を配りながら見ている。

「バディ名も〝ブルーローズ&ライアン〟じゃなくて、〝ライアン&ブルーローズ〟のほうが語呂もいいし、なぁ?」

「全然いいけど……めんどくさ」

——そんなことを気にしてたのか。

正直なカリーナの心中が思わずつぶやきとともに漏れる。

「あ？」

「もっと大胆な人かと思ってたけど、結構ウジウジしてんだね？」

「ウジウジじゃねぇ、繊細」

「ウジウジ」

カリーナが言い返せば、「繊細」とすぐにライアンも言葉を返す。

「ウジウジ」

「繊細……やめねぇぞ」

一歩も譲らないやり取りを続ける中、カリーナが叫ぶ。

「ああもう！　こんなことなら他の人と組みたかったぁ！」

「え？」

反射的に言ったカリーナの言葉に、ライアンの表情が一瞬驚きで崩れた。

俺はこの時間が、ヒーロー生活を送る中でかなり重要、かつ好きな時間かもしれない。
思わず鼻歌だって出てきてしまう。
アポロンメディアのオフィス。自分の机で、この俺に向けて送ってくれた手紙を読んでいる。

こんな嬉しいことがあるか⁉

「すごい量のファンレターだね」

振り向くと、ロイズさんが話しかけてきた。

俺も密かにそう思っていた。今回は一、二通……。早速返事書かなきゃな！

「そうっすか？」

嬉しい気持ちを一生懸命抑えるけど、漏れちゃってるかな～。

「……バーナビー君は」

「え？」

ロイズさんの視線の先のバニーは段ボール箱に隠れて見えない。あの箱全部ファンレターか……。五箱はあるぞ⁉

顔をずらして窺うと、バニーが嬉しそうにファンレターを読んでいる。

よかった……バニーもファンレターが嬉しいんだな。うらやま……いやいや、大事なのは数じゃない！　ファンレターをもらえたって事実だ。俺は自分に言い聞かせる。

「君も人気が上がるために努力しなさいよ」

ロイズさんはじとっとした目で俺を見る。

「はぁ、ですが人気の為にヒーローやってるわけじゃ……」

言いかけた俺に、ロイズさんは本来の目的を思い出したのか、「そうそう」とドアの方を向く。

今、俺のヒーロー観について語ろうとしたところだったのになぁ。

「君に用があるってブルーローズさんが」

「ん？」

出入り口にブルーローズが立ち、笑顔でこちらを窺っていた。

「おお、どした？」

「ちょっと、相談したいことあって」

ブルーローズは小さく手招きをする。

相談か。たくさんヒーローがいる中で俺を指名するなんて、悪い気はしない。いつもはファイヤーエンブレムあたりか、女子たちの誰かに相談してるのかと思っていたが……。

「ん？　なになに？」

ブルーローズは周囲を気にしながら、耳元でこそっと告げる。

「あ、あの……場所変えてもいい？」

「あ、ああ」

思ったよりも深刻な悩みなのか？　話を聞く前に、頭の中で考えを巡らせる。俺にしか言えない悩みって……妙に心配だな。

近くの喫茶店の席に落ち着くと、ブルーローズは詳細を話してくれた。その内容は俺の想像していたどの相談の方向性とも違っていた。

「ファンレター？」

「うん。このナディアって女の子からなんだけど、彼女、まだ小学生なんだけどね。病気で入退院を繰り返してるそうなの」

ブルーローズの顔が曇る。

「え！」

「友達もいなくて寂しかった彼女の心の拠り所は『HERO TV』だったんだって。特に私が好きって言ってくれて、『活躍する姿に励まされています』って手紙送ってきてくれてさ」

話を聞きながら、孤独にテレビを見ている女の子の姿を想像する。会ったこともない子だが、胸が痛む。だけど、その子の心を少しでも和ませる存在になっていたのならヒーローとして報われる気がする。

ブルーローズは顔を上げた。少し明るい表情に戻っている。

「でね、励ましの返事を出したら、一回だけ会いに来てくれませんかって」

「寂しいんだろうな」

差出人の女の子が、一生懸命書いて送ってくれただろう手紙に目をやる。

「私、何度かファンの子のお見舞い行ったことあって、今回も行こうと思うんだけど……タイガーも一緒にどう？」

「へ？　どうして俺も？」

ブルーローズは慌てた様子で補足した。

「二番目にワイルドタイガーが好きって手紙に。一緒に行ったら喜んでくれるんじゃないかな

～」

おお、なーんだ！　その子もなかなか見る目あるな。よし、俺もファンの女の子を全力で励ますぞ！

「そういうことなら、行く行くぅ」

「ホント？　ありがとう!!」

ブルーローズは身を乗り出して手を握ってきた。よっぽどその……ナディアちゃんって子を励ましたいのか。

「大袈裟だよ」

「あ、エヘヘ……」

握っていた手を慌てて放し、ブルーローズは笑った。

「けどさ、こういうことなら別に場所変えなくても」

ブルーローズは少し考える素振りで、飲み物を一口飲んだ。

「……バーナビーも居たじゃない？　タイガーだけ誘うわけだから、申し訳ない気がして」

「アイツ、そういうの気にしないと思うけど」

じっ、とブルーローズは俺を見る。

「そう？　『気にしませんよ』とか言いつつ、内心気にするタイプだと思うんだよね」

『気にしませんよ』の部分がモノマネになっていた。クールな口調ながら、放ってはおけない雰囲気。うーん、そう言われてみれば確かに……そうかもしれない。絶対口では咎めないだろうが、気にしてしまうタイプかもな。

「う……ん……だな……」

俺はブルーローズの分析に納得して頷いた。

「何ですか、話って」

突然ライアンさんに呼び出され、公園のベンチに並んで座る。妙に深刻な顔をしていた。

「驚くなと言われてもジュニア君は『え？』って言う」

ずいぶんともったいぶっている。

「何ですか？」

「……実はな、俺の相棒とお前の相棒が手を組もうとしている」

「え⁉」

僕としたことが、ライアンさんの予想通りの返答をしてしまった。

「ブルーローズが俺と別れて、タイガーとバディになろうとしてんだよ」

「何をそんな、馬鹿馬鹿しい」

事実無根だ。虎徹さんが何の相談もなしにそんなこと――。

「本当なんだよ！　ブルーローズとちょっとこう、ぶつかってよ。お詫びに飯でも誘おうと追い掛けたらアポロンメディア入っていってよぉ」

ライアンさんは必死に話す。聞いていると、思い当たる節があった。

「すぐそっちの相棒連れて出てきて」

訪ねてきたブルーローズさんと虎徹さんが何か話しているのを、見るともなく見ていた。

「ああ、彼女が訪ねてきたときは一緒にいました」

「ホラ、ホラホラ！　わざわざジュニア君のもとから離れてる時点で怪しいじゃねぇか」

「そうですか？」

場所を変えても、そう不自然だとは思えないが……。

「で、喫茶店で何やら密談して、挙げ句の果てにこれ」

スマホを操作して、彼は僕の目の前にそれをかざす。

「ん？」

画面には、喫茶店内でブルーローズさんと彼女に手を握られている虎徹さんが写っていた。

ブルーローズさんは笑顔、虎徹さんもまんざらでもなさそうな顔だ。

「交渉成立って感じだろ？」

ライアンさんは確証を得たとばかりに告げると、スマホをしまう。

「何やってるんですかライアンさん。尾行の上に盗撮まで」

「おい、さん付けなんてやめてくれよ。これから相棒になるってのに」

熱のこもった視線で見つめられる。

「は？」

「こっちはこっちでバディ組もうぜ。企業の方は説得すれば何とか……」

どんどん話を進めようとするライアンさんを急いでとどめる。

「ちょっと待ってください。コンビ結成の話かどうかわからないじゃないですか？」

彼に否定されないよう、自分の感情を整理する意味も込めて、言葉を選びながら話す。

「第一、虎徹さんが僕に相談なく、そんなことを決断するとは思えません」

そう、僕は虎徹さんを信じている。

アポロンメディアのオフィスに戻ると、虎徹さんは自分の机で真剣に何かを書いていた。

信じているのだから放っておけばいいと思いつつ――少々、引っ掛かりを感じた僕は、確かめたほうが早いだろうと判断したのだ。

「……ユアレター」

ぶつぶつぶやきながら集中している虎徹さんに、できるだけ何事もなかったかのように聞いてみる。

「虎徹さん」

「おん？」

「今日ブルーローズさん来てましたよね。急用でも」

「ああ、あれなぁ……」

普通に続きを言おうとした虎徹さんが一瞬固まる。

「っ！　ちょ、人生相談……みたいな感じ？　全然大したアレじゃなかったんだけど」

——何かを隠している。

虎徹さんは嘘をついた後に隠し通すのが苦手だ。声は上ずるし、ジェスチャーも大きくなるし、挙げ句の果てには、

「っだ！　やり直しか……」

動揺して書き損じをしたらしい。

「そう……ですか……」

一点の曇りもなかったはずの僕の心が、少し猜疑心で曇り始める。

もちろん、まだ確証はないけれど。

照明が照らし出す優雅な一室で、風呂上がりのライアンはゆったりとしたソファに横たわり、くつろいでいた。だが、その顔には少し悲しげな笑みが浮かんでいる。
「お前には悪いけど……最悪、また引っ越すことになるかもしれねぇ……」
ライアンは優しいまなざしで視線を落とす。彼の腰のあたりにはペットのイグアナが寄り添うようにそこにいた。

「ま、新しい土地に行くのも悪かねぇか？」

話しかけるライアンに向かってイグアナが彼の上を人懐こく上ってくる。

「別にこの街が好きなわけじゃねぇし……なぁ、モリィ」

そう言って、ライアンが頭を撫でるとイグアナの「モリィ」は気持ちよさそうに目を細める。

モリィに話すことでライアンは心の整理をしているようにも見える。だが、そんなライアンの背中には――鋭い爪痕のような深い傷が残っていた。

虎徹は基本的に、最後まで隠しごとを貫き通すのが苦手だ。

誰かを傷つけないためであれ、やむを得ず嘘をつかなければならないことも気が進まなかった。バーナビーに隠しているのは咄嗟の判断が招いた結果であり、折を見て話すつもりだった――。

などというあれこれを虎徹はトレーニングルームのルームランナーで走りながら考えていた。

折を見て話そうと思っていたつもりが、早くも数日が経つ。

「うっし！　うおおお～」

すぐ近くではアントニオが大きな声を上げながら、トレーニングに励んでいる。

――しかし、アントニオの声はいつ聞いてもでかいな……。ま、本人に悪気はないし、それだけ気合い入れてやってるんだから仕方ないか……。

ルームランナーで走りながら、虎徹がチラッとアントニオを見たところで、カリーナが走り寄って来た。目を輝かせ、声も弾んでいる。

「ねぇねぇ来たよ！」

「はぁ……誰が？」

虎徹は思わず気の抜けた返答をする。

「返事だよ。あの女の子から」

カリーナは嬉しそうに手紙を見せた。虎徹はやっと合点がいく。無事にあの件が進んでいるようで、二番目に好きと言ってもらった身としては嬉しかった。

「おお、そんで？」

「十月二十三日に会いに行くね？　って送ったら、『嬉しい！　アベニューシティの〝リトルグリル〟ってレストランで待ってます』って」

張り切って詳細を伝えるカリーナに、虎徹は尋ねる。

「どうしてそこなんだ？」

すると目を輝かせていたカリーナの表情が少しだけ曇った。

「元気だった頃、家族で行った思い出の場所なんだって」

「そうか……」

虎徹は話を聞いて思わずしんみりとする。短い間でも家族との思い出の場所で笑顔を取り戻してほしいもんだ……そう心から考える。

「……で、俺はどういうスタンスでいくべきかな？」

カリーナもしんみりする中、虎徹は話の方向を変えることにした。

「俺が〝ガッ〟と前に出てくか、あくまでサポートとして引いてた方がいいのか」

「ガッ」のところで虎を意識して爪を立てるポーズをすると、カリーナに笑顔が戻った。

「まずは私に任せてよ、頑張ってやるから、挨拶」

「平気か？」

「心配しないでよ、もし挨拶がウケなくても必死に盛り上げようとするし、挨拶がウケたとしたらその空気壊さないように繋げるから」

――ヒーローと言うより、お笑いコンビのステージ打合せみたいだな。

そう思うものの、虎徹はカリーナがこれだけ熱心に訪問プランを練っていてくれたことを知ったらその子は喜ぶに違いない、と考えていた。

「わあったわあった。全部任せるよ、挨拶」

カリーナの意見に賛同すると、彼女は自信をもって頷く。

「とにかく、私とタイガーならどう転んだって大丈夫だよ」

「ああ」

「でね、明日はちゃんとヒーロースーツで行きたいんだけど」

「じゃあ、ヒーロースーツの使用許可取らなきゃな」

――思ったより大事になって来たな。明日は忙しくなりそうだ。

事件解決以外で多忙になるのもいいものだと虎徹は笑みを浮かべた。

バーナビーが到着した公園のベンチには、深刻な顔でライアンが座っていた。

「やっぱりあの話、マジだった」

的中して欲しくなかったという調子で告げるライアンに、バーナビーは差し入れの紙袋を渡す。

「またその件ですか？」

やれやれ、と困惑した表情で切り出したバーナビーだが、内心では気にかかっていた。しかも、その気がかりは小さい切り傷のように事あるごとにチクチクと疼く。

ポテトを食べ始めたライアンの隣に座り、続く言葉を待つ。呼び出されて律儀に来てしまうのは、バーナビーの中にもワイルドタイガーとブルーローズのコンビ説をゼロとは言い切れない自分がいるからだった。

「ジュニア君気にしてるだろうから調べたんだぞ、見ろよ」

ライアンはポケットからスマホを取り出す。先程までは神妙な顔だったが、今は得意げだ。

「また盗撮なんて」

バーナビーが呆れ声を出すと、「今度は動画」とライアンはニーッと笑った。

「何を自慢気に」

「ちょっと邪魔が入って断片しか聞き取れねぇんだけど」

「邪魔？」

ライアンが動画の再生ボタンを押すと、バーナビーはその画面に視線を落とした。

『ううう、おぅお……うおお～～』

画面から聞こえてくるのはアントニオのトレーニング中の声だ。

普段トレーニングルームで聞くよりも、撮影されるとより大きく感じる。バーナビーがそんなことを考えるともなく考えていると、ライアンが少し動画を早送りする。

「ええと、ここから聞こえるんだけど」

画面を覗き込むと、虎徹がカリーナとトレーニングルームで喋っている場面だ。バーナビーは俄然内容が気になった。

『で、俺はどういうスタンスでいくべきかな？』

普段と変わらない明るい虎徹の声が聞こえてくる。

「ここから、今後のバディとしての立ち位置について話し合うんだよ」

内容の意味を考えているバーナビーに、ライアンが解説を加えた。

「え！」

思わずライアンを見てしまったバーナビーに、ライアンは続きを再生する。

『……俺がガッと前に出てくか、あくまでサポートとして引いてた方がいいのか』

スタンス、サポート……頭の中で会話の内容を推測するバーナビーをライアンはここぞとばかりに煽る。

「ホラ、ホラ、ホラ！」

「そういう会話にも聞こえますが」

——可能性はゼロではないが、コンビの話と捉えるには不十分だ。

バーナビーはそう判断したがライアンは自信があるらしく、話を進める。

「決定的なのはここからだ」

気になる言葉とともにライアンが動画を再生させ、バーナビーもつられて画面を凝視する。

『まずは私に任せてよ、頑張ってやるから、アイ』

『ううぉ〜』

カリーナが話している中、最後の部分はアントニオの雄叫びが重なる。

「今、相棒って言ったろ？　『頑張ってやるから、相棒！』」

「いやぁどうだろう」

バーナビーは言葉を濁した。やはりはっきり「相棒」と言ったとは思えなかった。しかしそんなバーナビーの判断を揺さぶるようにライアンは自信満々な態度で続ける。

「ここからブルーローズが『相棒への思い』を熱く語るんだ」

言い終えて少し興奮気味に、ライアンは再生ボタンを押す。

『心配しないでよ……もしアイ……〝うおお〜〞……が……〝ぬうう〞……ても必死に……〝ぬなあぁ〞……ようとするし、アイ……〝ぬあ〞……が……〝ぬうぅ〞……としたら、その……〝うううぇぇ〞……ないように……〝あああ〞……るから』

そこで再生は終了する。

確実だ、という悲しげな表情でライアンはバーナビーを見た。

「決まりだろ？」

「いやぁ……」

バーナビーは困惑した。

カリーナの声の間にアントニオの叫びが挟まっていて、肝心なところは何も聞き取れなかった。これはないでしょう、と意見するよりもわずかに先に、ライアンが再生ボタンを押した。

再び先ほどの続きと思われる、返答をする虎徹の姿が映る。

『わあったわあった全部任せるよ、アイ』

『ぶぉ～～！』

――今のは！

バーナビーは目を見張る。確かに「相棒」と聞こえた気がしたのだ。

『とにかく、私とタイガーならどう転んだって大丈夫だよ』

『ああ』

動画の中では虎徹とカリーナが楽しそうに話している。バーナビーには画面の中の二人の声が、ショックで頭の中に反響していた。

「どうよどうよ？　点と点が繋がって、でっかい点になったと思わねぇか？」

「でっかい点……」

バーナビーの発した声は、やや呆然としていた。

「で、最後によ」

ライアンが念を押すように再生ボタンを押すと、虎徹たちのやり取りが聞こえてくる。

『でね、明日はちゃんとヒーロースーツで行きたいんだけど』

『じゃあ、ヒーロースーツの使用許可取らなきゃな』

――ヒーロースーツ。

バーナビーにはプライベートでヒーロースーツが必要になる理由が思い浮かばなかった。

「俺のヒーロースーツはアポロンメディアの斎藤ちゃんが作ったヤツだから、アポロンに金払って借りてる状態なんだよ。つまり、今のやりとり、タイガーがブルーローズの会社に移籍するつもりなんだろうな」

「えっ！」

驚きの声を上げるバーナビーに、ライアンはグイグイとスマホを見せてくる。

「な、確定だろ？」

――落ち着かなければ。彼の圧に負けずに、動揺を悟られないように。

そしらぬ素振りでバーナビーはライアンをかわそうとする。

「……いや、僕は虎徹さんを信じて……」

だがライアンは、じっとバーナビーを見つめた。

「じゃあ、俺のこと真っすぐ見つめてみ？」

相手を射貫くほどのすごい目力に、バーナビーは圧倒される。

「う……」

「生き物ってのは、目に感情が出るもんだ」

——悟られてはいけない。

動揺を少しでも表に出さぬよう、バーナビーは目に力を入れたが、その黒目はわずかに揺れていた。

テレビ局、ＯＢＣの控え室。

インナースーツ姿でＭｒ．ブラックは撮影が始まるのを待っていた。

後ろの椅子ではヒーイズトーマスがボールを握りしめて筋力トレーニングをしているが、お互いに無言だ。

ブラックは俯いてスマホをいじり続けている。

「なんだ、初のＴＶで緊張してるのか？　安心しろって、俺らが先輩として……」

そこへ同じ控え室のロックバイソンが気を遣って声をかける。バディである折紙サイクロンも一緒だ。ブラックはスマホから顔を上げ、二人を見た。

「またヒーローが襲われたんすよ！」

ブラックの切羽詰まった口調と言葉に、ロックバイソンたちだけでなく、トーマスも反応して顔を向ける。

「今度はオルダビエリアで四人。俺の地元のヒーローも襲われるんじゃねぇかって心配で心配で」

ブラックは苦しそうに顔を歪ませる。

これからは自分の手柄にこだわらず、できることをやろうと決意が見えてきたブラックをよそに、世界各地でヒーローが襲われるようになった。

ブラックはこの事態に、なかなか気持ちを立て直せずにいた。

だが折紙サイクロンとロックバイソンはそんなブラックに共感するように話に加わる。

「……どんな人が何の目的で襲ってるのかわからないから怖いよね」

「何の手掛かりもねぇんだろ？」

相変わらずボールを握りながらではあるが、トーマスも口を開いた。

「NEXT差別主義者かも。世界中で差別が広まってるそうですし」

トーマスの発言はブラックの心に重く響いたが、自分だけがこの事件を憂えているわけではないと気付かされた。

――何だか嫌な予感がする。けど、今は目の前の仕事に一つ一つ向き合わなきゃな。

ブラックは慌ててフォローした。

「あ、さーせん、本番前にこんな空気に……」

「いや、心配するのも無理ないよ」

「ああ」

折紙サイクロンとロックバイソンが気遣ってくれたことで、ブラックは少し不安な気持ちが和らいだ。

――何か大きなことが起こらなきゃいいんだけど……。

一抹の不安を感じながらもブラックは立ち上がり、気持ちを吹っ切ってガッツポーズを取った。

「けど、ファンにはこんなとこ見せられないんで。本番では、ガガッとテンション上げていきましょう！」

フォトスタジオでは撮影がはじまっていた。

ポーズを決めて、可愛い笑顔でにっこりするドラゴンキッドとマジカルキャット。

続いてファイヤーエンブレムとスカイハイが仲良く決めポーズ。背中合わせの別ポーズを取るのも息が合っている。

カメラマンもノリノリで声をかけている。

私とライアンも、お決まりの決めポーズから別ポーズ、数パターンの撮影をする。

「く～いいね、さすが、息ぴったり」

気分を上げてくれるカメラマンに、カメラ目線のまま伝える。

「そりゃあ相棒なんで」

だけどライアンは低い声で「相棒ねぇ」とつぶやく。

「ん？」

まだ決め台詞で言い合ったこと、怒ってる⁇

チラッとライアンを見たけれど、素早く別のポーズを取っていた。ライアン得意のマッチョポーズ？　だ。自信に満ちた態度で、いつもと変わりはない。

「バンバン撮ってよキャメラマン！」

気のせいか……私も切り替えて、ライアンに合わせてポーズを取った。


「やっぱ心配ですよね」

帰り支度をしていたライアンに、キャットが声をかける。

「ん？」

「昨日襲われたヒーロー、こないだまでライアンさんがヒーローしてたとこの人だって、ニュースで見ました」

撮影終了後、控え室でお茶をしながら休憩していた私、ドラゴンキッド、ファイヤーエンブレムとスカイハイが驚きの声を上げる。

え、そんなこと一言も言ってなかった。

「そうなの？」

「……ああ」

尋ねてもライアンはそっけなく返すだけだ。スカイハイも心配そうに話しかける。

「それなら気が気じゃないいね」

「いや、別に」

ライアンは少し遠くを見つめるような視線になったが、すぐにいつもの様子に戻ると「じゃお先」と控え室を出て行った。

皆がそれぞれ「お疲れ様」と声をかける中、ライアンは振り返らずにドアを閉める。

ドラゴンキッドがライアンの出て行ったのを見届けると、私を見る。

「……ライアンってドライなんだね」

「そうだね……自分以外にはあんまり興味ない人っぽい」

私は言いながら俯いた。いつも一人で先に帰ってしまうし、自分をアピールすることの方が多い。……悪い人ではない、とはわかるけど。

ファイヤーエンブレムがそんな私を見て意味有り気に話し出す。

「それだけじゃない、複雑な事情がありそうよ」

え、と目を見開く私たちに、ファイヤーエンブレムは続けた。

「彼、シュテルンビルトでヒーローやったあと、大金持ちのオファー受けてオルダビエリアに行ったんだけど……向こうで大変だったみたい」

「大変？」

聞き返すドラゴンキッドに、ファイヤーエンブレムは頷く。

「そこのヒーローって全員その人に個人のお金で雇われた一つのチームらしいのね」

感心したように「ほぉ」と漏らすスカイハイ。

「あるとき、彼らで『グレゴリー・サンシャイン』とかいう強盗犯を追いかけたんだけど……その男、ＮＥＸＴの能力を暴走させるＮＥＸＴだったらしく、ライアンのあのドドーンって能力で……色々倒しちゃって」

気付くと私は息を呑んでいた。当時のライアンを想像する。自分の意志ではないのに地面に両手をつけ、それによって天地を揺るがすような震動が起き――。

「その中のモニュメントが背中に刺さって大ケガをしたんだけど……誰も助けようとしなかった」

それを聞いてため息をついていたと思う。ライアンは怪我をしながらも誰からも助けられなかった――仲間は暴走する彼を見捨てた。裏切ったんだ。私はライアンの絶望を思った。それがどれぐらい深かったか……自分が同じ経験をしたらきっと誰のことも信じられなくなるだろう。

ファイヤーエンブレムの言葉は続く。

「仲間ってのは上辺だけで、皆ライバルとしか思ってなかったわけ……」

私は、ライアンのごく一部、目に見える部分だけしかわかろうとしなかった。ライアンの苦しみはきっと壮絶で、簡単に理解できるわけがない。でも、少しでも寄り添いたいと思った。誰もが簡単に裏切る――そう思って欲しくはなかった。

「よく知ってますね？」

マジカルキャットとドラゴンキッドは感心している。

「一応オーナーもやってるんで情報はね」

ファイヤーエンブレムは謙遜するように柔らかく答える。

「だからあの言葉……」

スカイハイが思い当たる節がある様子でつぶやき、皆が一斉に彼を見た。

「この街に戻った彼に、声をかけたとき……私は言ったんだ。お帰りなさい、そして、戻って来てくれて嬉しいよ、とても、と。すると彼は……言ったんだ」

『なーんか、ここの連中は裏切らねぇ気がしてよ』

「……とね」

スカイハイが嬉しそうな、だけど寂しそうな表情で伝える。ファイヤーエンブレムは何だか納得したように、ドラゴンキッドとキャットは嬉しそうに顔を見合わせて、それぞれ頷いた。

「へぇ……」

そうだったんだ……。ライアンの過去も、態度では一匹狼風に振る舞いながらも私たちに気を許してくれていたことも……何にも知らなかった。これからは……と、考えかけて時計を見る。やば！　こんな時間!?

「あ、私も出ないと！　じゃ、お先！」

ナディアちゃんの思い出の店、『リトルグリル』近くの公園内の駐車場。外からは子どもたちの遊んでいる声が聞こえてくる。

そこに停めたアポロンメディアのトレーラーの中で、ブルーローズと最後の打ち合わせをした。

「ブルーローズでーす」

「ワイルドタイガーでーす」

「二人合わせて」

「ブルーローズとその仲間でーす」

「はい、ここで爆笑が起きて……」

俺が笑うと、ブルーローズも堪えきれず笑い出す。息もぴったりだし段取り確認もＯＫだな。

これなら喜んでくれること間違いなしだ。

「じゃ、先にナディアちゃんのとこいって、『もう一人来てまーす』って呼び込むから」

嬉しそうにブルーローズが拳を差し出してきたので、俺もグータッチした。

「おう！」

ブルーローズが合図をくれたら、俺も続いて入る予定だ。

彼女が出ていくのを見送り、俺はトレーラーを降りて、『リトルグリル』の扉の前でしばらく待つ。しばらく、っつってもまぁすぐだろう。

…………おい、しばらく……って、ずいぶん遅くねぇか⁉

ナディアちゃんと意気投合してて、話弾んじゃってるとか、かな。

そっと『リトルグリル』を覗くと、店内にはキョロキョロと室内を見回しているブルーローズの姿があった。

「ナディアちゃん？　あれ？」

戸惑うブルーローズの背後で、息継ぎのかすかな声が聞こえ、姿を現したのは……マッシュルームヘアに赤いサングラスをかけたホクロ顔の男。どっかで見たことあるような気がするんだが……。

ヤツは気付かれないようにそーっとブルーローズの背後から、今にも彼女に触れようとしている。だが、ブルーローズはまったく気付いていない。

「何やってんだよ！　お前！」

危なく触れるところを止める。ブルーローズが振り向く。と、そこに俺が来たことが予想外だったのかそいつは声を上げた。

「あー‼」

「え、何この人!?」

ブルーローズは真っ青になって、慌てて距離を取る。

「反応ないから覗いたら迫ろうとしてたぞ」

「えええ！」

ブルーローズは、当然ながらドン引きしてさらに体をずらす。

「いや違う違う違う違う違うって違うよ」

そいつは必死に否定してきた。あー、今の動きで急に思い出したぞ。

「あれ？　もしかしてソイツ、いつかの楽屋泥棒！」

「ああ……」

ブルーローズも思い出したのか、思わずソイツを指さす。ブルーローズの熱狂的なファンで、楽屋に勝手に忍び込んで彼女の私物を盗んでいた許しがたい男だ。

コイツは息を止めている間だけ、姿を消すことができる能力を持つＮＥＸＴだった。

「覚えてくれたんだぁ」

暢気に喜んでるヤツを見てますます腹が立ってきた。

「何でお前が居るんだよ！」

「それはこっちのセリフだよ！　僕が呼び出したのは、ブルーローズちゃんだけだぞ」

はぁぁ!?　何だコイツ、抱きつこうとしてたくせに！

「呼び出した？　え、あの手紙アンタが？」

「あ、バレた」

ブルーローズが真相に気付く。

「まさかブルーローズと会うために？」

問い詰めたが、ヤツはブルーローズに嫌われたくないのかもじもじしている。

「……そうだよ。よくファンの激励に行くって知ったからつい」

怒りと憎しみの表情でブルーローズが睨んだ。

「最っ低!!」

「だって会いたかったからぁ！　苦労したんだよ？　バイト先に定休日でも入れるように合鍵作ったり、手紙を信じてもらえるように可愛いシール貼ったり……」

何を正当化してんだ、コイツは！　ブルーローズの気持ちを踏みにじりやがって。もう一歩到着が遅れたことを想像するとゾッとする。

「二番目に好きなのを人気ないタイガーにして、ミーハーじゃないファン装ったりさ」

「最っ低ぇ」

俺も思わずブルーローズのように睨み返した。

ったく、人気なくて悪かったな。くそ、俺の気持ちまで踏みにじるなっての。

乗り掛かった舟、というのだろうか――バーナビーはそんな言葉を思い浮かべながらライアンと二人、『リトルグリル』向かいの公園のフェンスから、レストランの中を窺っていた。公園で遊んでいた子どもたちから頼まれてサインをし、手を振って彼らを見送ると、バーナビーとライアンは二人きりになった。

「……ヒーロースーツで入りましたね……何故レストランに？」

「お偉方相手にお披露目パーティーでもするんだろ。あーあ、この街も俺を裏切るのか……」

「街？」

ライアンは冗談とも本気ともつかない口調で自嘲的に言った。バーナビーは思わずライアンの顔を見るが、サングラスをかけている彼の表情は読み取れない。

「もういい、別の土地でヒーローやるわ」

そう言い捨てるとライアンは公園の出口を向き、立ち去ろうとする。

「待ってください」

バーナビーは立ち上がり、それを止めた。ライアンは口元にどこか悲しげな笑みを浮かべる。

「悪いな、ジュニア君と組めなくなって」

「勝手に断るのやめてください。組むなんて言ってないのに。確かめましょうよ、真相はまだわからないでしょ」

必死に引き留めるバーナビーに、ライアンは振り返りながら叫ぶ。

「もうわかんだろ！　アイツらは俺らを裏切ろうとしてんだよ！」

ライアンの追い詰められたような語調が意外で、バーナビーは息を呑む。バーナビーは――まだその可能性を信じてはいなかった。

サングラスで表情のすべては読み取れないが、ライアンの眉が小刻みに揺れている。目を見つめても動揺しなかった彼の本心が垣間見えた。

――「裏切ろうとしている」という可能性にそれほどまでに動揺している、ということなのか――。

「そうとは言い切れない」とさらに説得を続けようとしたところで、バーナビーはハッとした。

「きゃあ～！」

耳に届いてきたのは、ブルーローズの悲鳴？

バーナビーが推測する間にライアンが先に駆け出し、慌てて二人は『リトルグリル』へ向かった。

「ああああっ！　今触ろうとしたでしょ？」
ブルーローズが自分の身を守るように避けながら叫ぶ。
「はい。プランが崩れたんでせめてもと」

全然ヤツは悪びれない。どういう感覚してんだ⁉

「うわ〜〜〜」

ブルーローズは心底気味悪そうに身震いする。騙した上に触るとか、笑い事では絶対に済まされないレベルだ。

「何やってんだよ‼　お前全体的にやってること逮捕案件だぞ！」

「え⁉」

怒ってもいまいちピンと来てない逮捕案件男をとっ捕まえようとしたそのとき——。

「どうしたぁ！」

ライアンが駆け込んできた。

「え、何で？」

ブルーローズが知らせてたのか？　混乱したままライアンを見る。すると、後からバニーも入って来た。

おいおい、何でバニーまで⁉

バニーたちは混乱している様子で室内を見回している。だが、俺だってもっと混乱している。

「あれ？」

「お偉いさんは？」

バニーとライアンは揃って俺に尋ねる。

「お偉いさん？」

わかんねぇからついオウム返ししてしまう。ライアンとバニーは真面目な顔で俺を見返す。

何なんだ？　二人の深刻な雰囲気は……。

「お披露目パーティーだろ？」

「何で居るの？」

ブルーローズも予想していなかったようで、戸惑っている。ブルーローズも呼んでないってことは？

「この方は？」

するとバニーが逮捕案件男を指さした。

しごく真面目な顔のバニーに、俺は一瞬何と言ったらいいか迷ってしまった。つーか、ヤツは悪いことしてばっかりで、どっから説明していいか困惑する。

「え、……犯人？」

ヤツはヘラヘラ笑いながら会釈（えしゃく）している。会釈するなっつうの。

「犯人役ってことか」

ライアンが深刻なトーンのまま言う。

「へっ？」

ブルーローズも首をかしげているが、俺もわからねぇ。だから二人は何でここに来たんだ？

「今日はパフォーマンスの練習だな」

ライアンは納得した様子だが、やっぱり話が見えない。ブルーローズがたまりかねて尋ねる。

「ごめん、何の話？」

「おめでとう！　このタイガージジィと新しいバディ組むんだろ？」

ライアンは帽子とサングラスを外して、俺とブルーローズを見る。それを聞いた俺とブルーローズは思わず同時に叫んだ。

「「はぁ??」」

タイガージジィ!?　……それはさておき。

逮捕案件男を含め、全員がライアンを見ている奇妙な状況だ。

「違うよ」

はっきりと言うブルーローズ。だがライアンは嘘だ、と言わんばかりに取り合わない。

「隠すなよ」

「違うんだもん」

一生懸命否定するブルーローズを、ライアンは相手にしようとしない。

「はいはい」

俺はライアンの一方的な態度にムッとする。心配してここに駆け込んできたんじゃねぇのか？

「ちゃんと聞いてやれよ！」

「何なんだよオッサン！　俺の相棒ばっか取りやがって!!」

えっ……俺はライアンの目が潤んでいるのを見て、悟った。一生懸命なのは、彼も同じだったんだと。

バニーとブルーローズも、ライアンの言葉にハッとしている。

「さすがの俺様でも、ちょっとは傷つくんだぜ」

ブルーローズは、かける言葉に迷っているのか俯いてしまう。

「……じゃあな」

去ろうとするライアンを見守るしかないのか……もどかしい思いで見ているとバニーがふと口にする。

「あれ？　あのメガネの方は？」

そう言えば……どこにもいねぇ！

「あ！　アイツ！」

姿を消して隠れてるな。慌てて周囲を見回す。ブルーローズに近付けないようにしないと。

「ライアン、お願い！　そこで、軽くドドーンして」

ブルーローズがライアンを呼び止める。立ち止まった彼は意味がわからず怪訝そうな顔だ。

「どうして」

「お願い早く！」

ブルーローズの必死の様子に、ライアンは不承不承、床に跪く。

「あんだよもう。どっどーん」

床に手をつき、能力を発動させると地面が揺れた。その衝撃で床の一部が光り、床に這いつくばる逮捕案件男の姿が露(あら)わになった。

「ううっ」

衝撃を受けて呻(うめ)き声を上げている。

「よし！」

ブルーローズはガッツポーズを取る。

ヤツは悶(もだ)えながら悔(くや)しそうに呻いた。

「あ～ダメだったかぁ……」

「しゃあ！」

俺とバニーでヤツを確保し、この件は無事解決となった。まったく懲(こ)りないヤツだ……でも今回のことでヤツも事の重大さに気付いただろう……と信じたい。

ライアンは手紙から顔を上げた。手にしているのはナディアという少女になりすましたヤツからの手紙だ。

「あ、そういうこと……」

やっと納得したらしいライアンは少しバツが悪そうだ。

「何勘違(かんちが)いしてくれてんの」

ブルーローズが呆れたように言う。

夕方の公園。ライアンの誤解を解くため、俺とバニーも一緒に見守っていた。

「……悪ぃ」

いつもは強気な彼も素直に謝った。ブルーローズはしっかりとライアンを見る。

「人としてはアレだけど、ヒーローとしては一目置いてるんだからね」

「え？」

「さっきだって、アンタの能力じゃなきゃ逃げられちゃってたかもしれないし」

ライアンも、まっすぐにブルーローズを見つめる。

「……まあな」

返答が俺様なのが彼らしい。ブルーローズも何か思うところがあるのか、真剣に伝えようとしているのがわかる。

「私は裏切らないからね」

「！　何だよ、それ。当たり前ぇだろ、俺様を裏切る奴なんかいるはずねぇよ」

ライアンが嬉しさでニヤニヤを隠し切れずに、それでも強気発言をしているのを見ていると、こっちまでついニヤけちまう。

ブルーローズとライアンのバディ、通じるところがあるのかもしれねぇな。

なんて俺が考えていると、ブルーローズがすまなそうに言う。

「……ごめんねタイガー、変なことに巻き込んじゃって。私が手紙の嘘に気付けてれば」

今回のことでブルーローズが一番傷ついただろう。おまけに怖い目にも遭って……だが、既のところで防げたし、あんま自分を責めるなよ。

「まぁ良かったじゃねぇか、病気の子どもはいなかったんだから」

「え……」

ブルーローズの目が、大きく見開かれる。

それで十分じゃないか？　辛い思いをしている人がいなければ、それに越したことはない。

「またこういう機会があったら誘ってくれよな」

「……うん」

ブルーローズは俯いて、急に口ごもって何度か頷いた。

俺にも会いに来て欲しいって言ってくれるファンがいれば、いつでも会いに行こうと思っていると……ライアンが何やらまたニヤニヤしている。

「……あれ？　いや……フフ……」

ブルーローズから言われた言葉でも思い出してんのかな？

まぁ、二人の誤解も解けたようだし、これでめでたく解決だな。

ライアンたちを見ていた俺は、はたとバニーの存在に気付く。あの場面にいたってことはバニーがライアンの相談に乗ってたってことなのか？

「ったく、度が過ぎるファンってのも困ったもんだな」

「ええ、そうですね……」

何気なく話しかけたが、バニーは通常運転、クールな態度を崩さない……ようにも見えるが、俺にはバニーがいつになく動揺してるってわかっちまった。素直に答えることはないだろうけど——そう思いながら聞いてみる。

「なぁ、まさかバニーも俺がバディ解消すると思ったわけじゃないよな」

一瞬、バニーは大きくまばたきをしたが、落ち着いて言葉を続ける。

「なっ！　まさかそんな。僕は付き添いとして来ただけです」

付き添いねぇ……。

チラッとバニーの目を覗き込むと、わずかに黒目が動いている。

あ、やっぱり動揺してるわ……。

でも、あくまで付き添いと言い張ってくれたこと、それは、俺を信用してくれようとしてたってことで……そんなふうに気遣ってもらえるのは相棒として幸せなことだし、言葉に表せなくても、十分だ。

そう感じたから俺は——。

「……だよな」

頷いてこれ以上の追及はやめた。バディとして、素直に嬉しい気持ちでいっぱいになりながら——。

夜の研究室で、白衣姿の男が一人研究をしている。

薬品の研究らしき器材と顕微鏡が並ぶ研究室内で、男は椅子にもたれかかり、大きく息を吐いた。

「ん……ふぅ」

男の疲弊した表情から、研究が深夜まで及んでいることが窺える。

ふと休憩を取ろうとした男は机の引き出しに手をかけ、一枚のカードを取り出す。それは「バーナビー・ブルックスＪｒ.」のヒーローカードだった。

カードを持ち上げると、目の下に隈を作った男はわずかに笑みを浮かべた。

「バーナビー……必ず君を超えてみせる」

小説 TIGER & BUNNY 2

パート1

≫ 第４話

# Never put off till tomorrow what you can do today.

（今日できることを明日に延ばすな）

バーナビーの今日のランチはパニーニだ。いつもは野菜を多めに使ったランチを食べるようにしているバーナビーだが、今日は虎徹に付き合って、街なかのワゴンで買い求めることにした。

ベンチでは、先にホットドッグを手にした虎徹が真剣な顔で雑誌をめくっている。

ホットドッグを頬張りながら、虎徹本人は自覚しているのかわからないが、ページをめくりながら次第にムッとした表情に変わっていく。

雑誌にはスカイハイとファイヤーエンブレムのクリーム&ペッパーのチーズの広告が大きく掲載されている。

「んあ?」

虎徹がページをめくると、同じくスカイハイとファイヤーエンブレムの消臭剤の広告が。

さらにページをめくるとこの二人のコーヒーの広告が現れる。

ベンチの奥の通りでは、広告ビジョンのトラックが停まり、スカイハイとファイヤーエンブレムの姿が浮かび上がる。

『シュテルンビルトの新スポット! ウィンクルムがいよいよ明日オープン! オープニングセレモニーには堅い絆で結ばれた、最強バディヒーローが登場!』

広告トラックからナレーションが流れ、虎徹は怪訝な顔でそれを眺めていた。

「今『そこは俺とバニーだろ?』って思いましたね」

パニーニを手にして合流したバーナビーが声をかけると、虎徹は雑誌を読んでいたフリをする。

「思うわけねぇだろ」

本人はごまかしているつもりなのかもしれないが、虎徹は考えていることが顔に出やすいのでバーナビーにはすぐにわかった。

「思いましたね」

バーナビーがさらに念を押して確認すると、虎徹はしばし沈黙する。

「う……」

がっくりとうなだれた虎徹は、観念してつぶやく。

「思いました……」

広告ビジョンには、夕焼けを背に寄り添って立つファイヤーエンブレムとスカイハイの姿が映し出され、キャッチコピーがかかる。

『ウィンクルムで最高の思い出を貴方に。特別な景色は、二人を特別にする……』

ランチの後は、トレーニングルームでおのおのが鍛錬に励む。

バーナビーはまず、ランニングマシーンで軽く汗を流すことにした。もう少しスピードを上げるべきか迷いながら走り出す。目の端には、ベンチに座って神妙な顔をしている虎徹が映っていた。

「ちょっとォ！　それ私のタオル！」

カリーナが不満そうな声でライアンのタオルを指さす。ライアンはあまり気にしていない様子でタオルに目を留めた。

「おっと悪い、間違った」

「なんで間違うの？　全然色違うじゃん！」

「そうプンプンすんなよ、姫」

「だからその呼び方やめて」

言い合いをしながらも、あれからゴールデンライアンとブルーローズはバディとして順調のようだ——バーナビーが走りつつやり取りを聞いていると、虎徹が口を開いた。

「バニー、俺は最近気付いたことがある」

その口調はいつになく真剣そのものだ。

「はい？」

「俺たちは先輩バディとして、皆を引っ張っていってほしいと管理官殿に言われたな」

「ええ」

走りながらバーナビーは返答した。

「けどな……ほら」

虎徹が視線を向ける方向をバーナビーも追うと、ネイサンがカリーナたちを仲裁している。

「はいストップ。な～に～？　こわい顔して」

虎徹はまた別の方向を見る。

「ほ〜らほら」

一方ではアントニオとイワンがポーズをとり、キースがそれをスマホで撮影している。

「どうだ!?　俺らのニュー登場ポーズ」

キースはスマホを下げ、少し考えると二人に歩み寄る。

「そうだね……折紙君をこーして……バイソン君をこう！」

イワンとアントニオは指導を受けて別のポーズをとる。

「これでどうだろう？」

キースは笑顔で二人を撮影し、新しいポーズのスマホ画面を見せる。

「おおお!!」

「なるほど、参考になります」

アントニオは感心のため息をもらし、イワンはメモを取りながら聞いている。

そこへパオリンとラーラも寄って来た。

「ねぇ、この前言ってた、ハァースーって息するトレーニング、教えてくれない？」

キースは爽やかに微笑む。

「もちろんだとも！」

「それラーラも知りたいです」

一方、ネイサンが仲裁したおかげでライアンたちは無事に和解している。

「悪かったな、ブルーローズ」

「ううん、私も怒り過ぎた」

虎徹は、それぞれの動向を指さした。

「ほ～らほらほら」

「『ほら』だけじゃ何も伝わってませんよ」

バーナビーには言いたいことがわかっていたが、敢えて言わずにランニングマシーンを操作した。虎徹が面白くなさそうに見える……という言い方は少々乱暴だが、彼が危機感を抱いていることはわかった。

「だから、実際みんなを引っ張ってんのはスカイハイとファイヤーエンブレムじゃねぇか？」

その言葉にバーナビーはランニングマシーンを停止し、ベンチでタオルを取ると、汗を拭きながら答える。

「今更気付いたんですか？　そんなこと」

「あ？」

虎徹はバーナビーの言葉に、逆にパチパチと大きくまばたきしている。

「最近のヒーローランキングを見れば一目瞭然じゃないですか」

虎徹の表情がだんだん不満げに変わっていく中、バーナビーは続けた。

「ベテラン同士だからこそできる息の合ったチームワークで三週連続首位を独占。バディ制以前から人気もある、知名度も申し分ない……」

ヒーローカードの売り上げも、スカイハイとファイヤーエンブレムが圧倒的に人気で売り切れている状態なのを見かける。子どもたちからの支持も熱い二人だ――バーナビーからすれば、それは納得のいく結果である。

「我々の中でも世間でも、お二人はバディヒーローの代表になりつつあって……」

とうとうと語っていたバーナビーをよそに虎徹は何かに気を取られている。

「話、聞いてます？」

「見ろよあれ」

虎徹の指さした方向にはキースと昴、トーマスがいた。

「一緒にトレーニングどうだい？」

「いや、俺らはあんまベタベタすんのは……え!?」

声をかけるキースに断りかけた昴が驚いて声を上げる。

いつの間にかトーマスがキースの筋肉に触れながら、冷静につぶやく。

「ペックのトレーニング方法について二、三質問が」

――大胸筋の鍛え方か……彼は全方位的にトレーニングに詳しいから確かに適役だろう。

バーナビーが感心しながらやり取りを見つめていると、キースが笑顔で頷く。

「ああ、いいとも！　来たまえ！」

「はい」と頷き、ついていくトーマス。

自分の腕の筋肉を見た昴は慌てて二人の後を追う。

「やっぱり俺も！」

シリアスなまなざしでやり取りを見ていた虎徹は、焦ったように言う。

「昴とトーマスまであんなに懐いて！」

「懐いているかはさておき、いいことなんじゃないですか？」

熱くなっている虎徹を諭すようにバーナビーは言葉をかけた。

「あ？」

「この調子で皆さんがバディ制度に慣れていけば、僕らは自分のことだけに専念できる」

先達、と言われるのは光栄なことだけど、それぞれのバディに合った形を見つけていけるならそれに越したことはない、とバーナビーは思っていた。

「まぁそうなんだけど……」

虎徹は半分納得した様子を見せながらも不服そうである。

「そんなに欲しがらないでください。ブルーローズさんに頼られたりしてたじゃないですか」

「おいおいちょっと待て、欲しがるってなんだよ！」

ムキになっているがきっと自覚はないのだろう、とバーナビーは踏んだ。そんな虎徹が少し微笑ましくなったが、バーナビーはそれを表には出さない。

「出てますよ、全身から……頼りにされたいオーラが」

虎徹は立ち上がり、身を乗り出す。

「出てるか、んなもん！　俺はただ役に立てるなら――」

さて、ここからどう説得したものか――思案しつつバーナビーが口を開こうとすると、二人の背後から影が迫ってきた。

「ねぇ、ちょっといいかしら」

「ん⁉」

虎徹とバーナビーの間に入って来たのは、深刻な顔をしたネイサンだった。

思わぬタイミングに、バーナビーは思わず虎徹を見た。

休憩室に移動した僕たちは、食事をするファイヤーエンブレムさんの話を聞くことにした。

「最近悩んじゃってるのよ、私」

「あれか？　スカイハイについてか？」

サラダセットを食べているファイヤーエンブレムさんと――何故か唐揚げ定食にマヨネーズをかけている虎徹さん。

「そんなことあるわけ――」

ファイヤーエンブレムさんにそう言いかけて、僕は虎徹さんがかけている尋常じゃないマヨネーズの量に思わずギョッとして二度見してしまう。

二人はどう考えてもうまくいっているバディだ。否定の言葉を想像しているとファイヤーエンブレムさんはサラダにフォークを突き刺し、ため息をついた。

「実はそうなの」

「え!?」

虎徹さんは唐揚げを頬張りながら先をうながす。

「話してみろよ」

ファイヤーエンブレムさんは視線を下げ、思い出すように話し始めた。

「あのね、私スカイハイとコンビを組み始めてから、毎朝一緒にトレーニングに誘われてね」

ファイヤーエンブレムさんはスカイハイさんと彼の愛犬、ジョンとジョンジョンと一緒に走っている様子を説明した。

「さあ、ラストスパートだ！　ジョン、そしてジョンジョン！」

「『ワンワンワン！』」

——とても健康的かつ健全な情景だ。僕は走る二人と二匹を想像した。

余談だが、スカイハイさんの愛犬、ジョンとジョンジョンという名前なのは、彼の口癖……というか、話し方を連想させる彼ならではの独特のネーミングセンスだと思う。

虎徹さんは目を輝かせ、身を乗り出す。

「分かった！　毎朝トレーニングに付き合わされるのがつらいんだな！」

ドヤ顔と言うべきか、自信ありげな虎徹さんにファイヤーエンブレムさんは首を横に振った。

「ううん、夜型生活から脱出したかったからそれはいいの」

「あ、そうか」

予想が覆され、脱力する虎徹さん。

「毎日スカイハイの分も合わせてヘルシーな朝ごはん作るようになって……ほら～」

突然ファイヤーエンブレムさんは立って、後ろを向く。そしてお尻を突き出すようなポーズを取り、

「どう？　ハンサム。スリムになっていい感じじゃない、このヒップライン」

自慢のヒップラインを強調してくれたが、ここはスルーさせてもらうことにしよう。

「……話を続けて」

再びファイヤーエンブレムさんは着席した。

「でね、スカイハイとコンビを組んでから仕事も増えて、毎日大忙しで――」

「分かった！」

虎徹さんは今度こそ！　とばかりに乗り出す。

「スカイハイばっか目立ってストレスなんだろ!?」

だが、ファイヤーエンブレムさんは再び首を横に振る。

「ううん、むしろスカイハイが『自分はしゃべりはうまくないから』って私をぐいぐい前に出してくれて、今度深夜にトーク番組のMCやることが決まったの」

そんなことまで、と思わず感心してしまう。確かにファイヤーエンブレムさんは口が立つし、スカイハイさんは彼を引き立ててくれるだろう。

「おめでとうございます」

ぐさっ、と唐揚げにフォークが突き刺される。マヨネーズまみれの唐揚げを口に運ぶ虎徹さんを、思わずまた凝視してしまった。

「じゃあなんなんだよ、悩みって」

「虎徹さん、最後まで話を聞きましょう」

「で、夜仕事が終わったらスカイハイは夜のパトロールでしょ？　だから――」

「わぁ～ったぁ!!　あれだ！　自分の時間がない的なアレだろ!?」

「話を遮りすぎですよ」

ついまた僕も口出ししてしまう。「アレ」を多用していて結局何を言っているのかわからないし、話が進まない。幸い、ファイヤーエンブレムさんは気にしていないみたいだが。

「でもそれが悩みなんだろ!?」

これ以上は、と詰め寄る虎徹さんにファイヤーエンブレムさんはまたあっさりと首を振る。

「ううん全然」

「っだ!?」

ファイヤーエンブレムさんの悩みは僕も推測できない。外れてがっかりしている虎徹さんを横目に、話の続きを待つ。

「夜のパトロールは、自分と向き合う時間とか言って、一人の時間も大切にしようって……

『お疲れ様、そしてお休みなさい！　トォウッ』って……」

一人でパトロールに行ってしまうのだ、と語った。

聞けば聞くほどスカイハイさんには思いやりがあり、完璧だということがわかる。つまり、何も問題はない。

「んだよ！　なんも問題ねぇじゃねぇかよ!?」

虎徹さんも僕と同じ感想を持ったようだ。

「それが問題なのよぉぉー！」

「はあ!?」

ファイヤーエンブレムさんは机に突っ伏してしまった。予想外のタイミングに僕も虎徹さんも呆気に取られてしまう。

「いい人すぎて……ちょっとしんどい」

「なんだそれ」

「人として、もっとダメなところを見せて欲しいっていうか」

上目遣いになり、少しもじもじしながら続ける。ファイヤーエンブレムさんのこんな状態は……記憶する限り初めてだ。

「でも彼も、ほら、天然な部分が……」

せめてフォローを、とスカイハイさんの「ダメなところ」を模索しようとしたが、ファイヤーエンブレムさんはテーブルをバンッと叩いて立ち上がる。

「それはスカイハイのキューティーポイントでしょうが！」

虎徹さんがきょとんとして僕を見る。

「そうなのか？」

「みたいですね」

気持ちが収まったのか、ファイヤーエンブレムさんは頬杖をつく。

「ほら私って、疲れてたら化粧落とさず寝ちゃう人じゃない？」

「知るかよ」

と虎徹さんがすかさずツッコむ。

「一緒にいると、いい人でいなきゃ〜〜って気持ちになって時々息がつまるっていうか……」

ファイヤーエンブレムさんは思い切って本心をつぶやいたようだった。

「なるほど」

完璧すぎる人に合わせなければいけない悩み、というのもあるのだ。

「直接スカイハイに言えばいいじゃねぇか」

虎徹さんにはそういった悩みはなさそうだ。実際直接言うだろうし。

「ちゃんとしてる人相手にちゃんとするなって言うのはおかしな話でしょ」

僕が説明すると、ファイヤーエンブレムさんは大きく頷いた。

「そうなのよ！　それに、そんなことスカイハイに話したら絶対落ち込むだろうし……」

虎徹さんは一番大きな唐揚げにフォークを刺し、目の高さまで持ち上げた。

「よっし！　俺からのアドバイスだ！」

「え!?」

期待で目を輝かせるファイヤーエンブレムさんに虎徹さんは唐揚げを向ける。

「変な気を遣うな！　言いたいこと言ってとことんぶつかってこその相棒だろ」

はぁ。この人のアドバイスらしすぎる……。

「僕はもう少し気を遣って欲しいです」

虎徹さんの性格上、それは難しそうだし、隠しごとをするのが苦手なところが彼らしさだと思ってはいる、けれど……。

「へ？」

やはり気付いていない虎徹さん。ファイヤーエンブレムさんも頷く。

「うん、アンタらはぶつかりすぎ」

その瞬間、ファイヤーエンブレムさんの背後を見た虎徹さんの視線が凍り付き、ゆっくりと指さす。

「……おい……」

「え？　……んまっ！」

僕が気付いたのと、ファイヤーエンブレムさんが気付いたのはほぼ同時だった。そこには、いつもより少しだけぎこちない（それでも十分爽やかな）笑みを浮かべたスカイハイさんが立っていた。

「お、おや……こんなところにいたんだね！　じ、実に奇遇～」

スカイハイさんは、ファイヤーエンブレムさんにタオルを渡す。

「これ、忘れものだよ」

「あ、ありがとう……」

やり取りも明らかにぎこちない。

「大丈夫か、スカイハイ」

虎徹さんが思わず、といった感じで声をかける。スカイハイさんはもちろん笑顔を崩したりはしないが……。

「もちろんさ、わ、私は何も聞いてないから、そのまま話を続けてくれたまえ」

どこかぎこちない笑顔でそう言うと、背中を向け、片手を上げた。

「聞いていなーい」

自動ドアが開き、スカイハイさんは外へ出ていく。

「そして聞こえていない」

彼が立ち去ったのを見届け、僕たち三人はひそひそと話し合う。

「あれは……」

虎徹さんが困惑して僕を見る。

「絶対聞いてましたね」

僕はファイヤーエンブレムさんを見る。

「そうよね」

「虎徹さんがいちいち話を遮るから」

そうでなければとっくに話は終わって、スカイハイさんに聞かれずに済んだだろう。

「ハァ？　俺のせいかよ!?」

虎徹さんは僕を睨む。

「大体なんで唐揚げ定食食べてるんですか？　さっきホットドッグ食べてましたよね」

ここへ来たときからずっとモヤモヤしていたことをぶつけた。

「いいだろ？　食いたかったんだから！　つうか今関係ねぇよな!?」

虎徹さんも応戦してきた。そちらがそういう考えなら、言いたいことを言わせてもらう。

「ヨガしてる意味ないですね」

「いやマイナスがプラマイゼロ的だろ！」

「結局ゼロじゃないですか」

言い合いがヒートアップする僕たちを尻目に、ファイヤーエンブレムさんは大きくため息をついた。

「……ああもう！」

私たち、女子組がたまに集まるピザ屋さん。

トレーニングの帰りに、ブルーローズとドラゴンキッドと私でおしゃべりをしていた。だけど私は、スカイハイのことで頭がいっぱい。

「ねぇ、連絡すべき？　連絡すべきよね、うん……」

迷いながら、頷いたものの、今度は真逆のアイデアが頭をかすめる。

「けどなぁ、オフの時間大切にしようって言われたし」

我ながら情けないわ……スパッと結論を出せない自分に。ブルーローズとドラゴンキッドは悩みまくる私を見つめている。

「なんか意外」

ドラゴンキッドがストレートな調子で言う。

「ん？」

「ファイヤーエンブレムさんでもそういうことで悩むんだね」

ブルーローズもドラゴンキッドと顔を見合わせ頷く。

「だね、いつも相談される側だもんね」

この二人と女子トークを繰り広げるのは楽しい。でも今日は、歯切れが悪くて申し訳ない。

「思ってるより大人って大人じゃないの。相手にはアドバイスできても自分にはなかなかアドバイスできないもんなのよぉ！」

本音をぶつけてしまう私。ドラゴンキッドはピザを頬張りながら「ふーん」と頷く。

ブルーローズはドリンクを飲み、少し心配そうに私を見る。

「まぁでも、今更謝られても反応に困るかもね」

やっぱり、そう思う？　意見を後押しされて少し安心した。

「でしょ」

「どうせなら明日会ったときに直接言ったら？　きっと笑って許してくれるよ」

ドラゴンキッドも、私の意見に賛同してくれる。とっても心強いわ。

「うん、そうよね」

私は連絡をしようかどうか迷ってずっと手にしていたスマホを置いた。

「で、あんたは相棒とどうなの？」

「いい子だよ。今日も誘ったんだけど、ママが誕生日だからって」

「そっか、じゃあまた今度だね」

ブルーローズとドラゴンキッドが、マジカルキャットの話をしている。本当に申し訳ないんだけど私は上の空で、窓の外に視線を向けた。

「……大丈夫よね」

翌日のトレーニングルーム。
――結局昨日はアドバイスの結論まで出せなかったけれど、大丈夫だっただろうか。

バーナビーはネイサンを気遣いながらランニングマシンで走っていた。最後は虎徹と言い合いになったこともあり、ネイサンの言うように客観的に見ると自分たちはぶつかりすぎなのだろうかと気にしていた。

と、ネイサンが手作りのスムージーが入っているらしいボトルを二つ手にして入って来た。

いつもキースと一緒に飲んでいるものだと皆認識(にんしき)している。

どんよりとした顔でネイサンはトーマスと昴に尋(たず)ねる。

「余っちゃったの……どぅ？」

「人が作ったものは、ちょっと」

きっぱり断るトーマスとは対照的に昴は嬉々(きき)としてそれを受け取った。

「あ、自分全然平気なんで、いいスか？」

——余った、ということはスカイハイさんがいないのだろうか。

バーナビーが注意して周囲を確認すると、トレーニングルームにも姿はなかった。

「スカイハイから今日の朝トレーニングは休みにしたいって連絡来たんだと」

アントニオが告げると、カリーナとパオリンが申し訳なさそうにネイサンを見る。

「え、それってあのこと引きずって？」

「何かあったんですか？」

女子会にいなかったラーラが尋ねる。

「ごめん、ボクらが連絡するの止めたから」

「ううん、いいのよ。自分で決めたことなんだから」

責任を感じているパオリンに、ネイサンは優しい口調で言った。

「けど、これからどうしましょう……」

お手上げ、というように天を仰ぎ見るネイサンに虎徹がポンと肩を叩く。

――虎徹さんがこういう、自信満々なときは要注意だ。

バーナビーは注意しつつ、動向を窺っている。

「ここで俺からのアドバイスだ！　そういうときはパ～ッと二人で飲み行って、酒と一緒に水に流す！　これに限る！」

「そういうものかしら」

疑いの目を向けるネイサンに、虎徹はおかまいなしに肩を叩く。

「ああ、飲んで騒いで問題解決だ！」

「今時飲みニケーションって」

ぽつりとイワンがつぶやくと、自分が言ったわけでもないのにアントニオが慌てている。

「んだよ！　じゃあ他にいい案あんのか？」

虎徹がイワンに絡み始める。

そこにヒールの音を響かせて、アニエスが入って来た。皆の視線が一気に集まる。

「ボンジュール、ヒーロー！」

アントニオがホッとした表情になる。

「珍しいですね、トレーニングルームにいらっしゃるなんて、な？　折紙」

「はぁ」

アニエスはヒーロー一人一人の顔を見ながら言葉を続けた。

「スカイハイから連絡を貰ってね。急な話なんだけど、今日スカイハイとファイヤーエンブレムが参加するイベントのサポート役を誰かにやってもらおうって話になって……」

すると話の途中で昴が遮ってアピールする。

「はーーい！　俺らやります！　はいはいはいはーい！」

「触るな」

昴はトーマスの腕を取って元気に挙手するが、あっさりその手を振りほどかれる。

アニエスは急にバーナビーたちに視線を向けた。

「タイガー、バーナビー、お願いね」

「俺ら？」

虎徹が驚いて声を上げ、バーナビーも目を見開く。昴は不満そうに見返した。

「どうせならＨＥＲＯ　ＴＶで取材しようってことになって、ミーティングしにきたの」

「期待させといてそりゃねぇ～っすよぉ！」

「あなたが勝手に期待したんでしょ？」

アニエスの容赦のない返しに昴は肩を落とし、トーマスは呆れた様子でため息をつく。

「……なにそれ、そんな話聞いてない」

消え入るような声でネイサンがつぶやいた。バーナビーは昨日の責任を感じながらアニエスに質問した。

「スカイハイさんは何故サポートを？」

「なんでも『今日のイベントを１００%盛り上げられる自信がない』んですって。そんなこと言うなんて珍しいわよね」

思ったよりも問題は根深そうだ――バーナビーが心配して視線を向けると、ネイサンは何と言葉をかけていいかわからないぐらい落ち込んでいる。

「……そんなに私、傷つけちゃった？」

一方、テレビ局の控え室ではヒーロースーツを着用したスカイハイが待機していた。ノックの音が聞こえ、スタッフが出番を告げに来る。

「スカイハイさん、本番十分前です」

スカイハイはドア越しに「ありがとう」と答え、手にしていたスマホを見つめる。画面では彼の愛犬、「ジョン」と「ジョンジョン」が元気に吠えていた。

「そうだね、ジョン、ジョンジョン……今は仕事に集中だな」

画面を眺めたスカイハイは自分に言い聞かせるようにつぶやくと、立ち上がった。

開業したばかりの新スポット、ウィンクルム。

天に向かって伸びる、船体を象ったような立体的な展望台のフォルムが美しい。

バーナビーとワイルドタイガーも急遽サポートということで、すでにヒーロースーツを装着し、控え室に待機していた。

「も～～う、バカバカバカバカバカバ！」

頭をかかえてもがいているファイヤーエンブレムが、机に突っ伏した。

「なんで昨日ちゃんと電話しなかったのよ、バカ！」

ファイヤーエンブレムは激しく自分を責めている。スカイハイと方向は違うが、ファイヤーエンブレムもとても真面目で、心優しいことは周知の事実である。バーナビーは、そんな二人がすれ違ってしまう姿に胸が痛んだ。

「そんでスカイハイは？」

「ペット番組の収録が押してて到着が遅れそうだって」

スタジオでは、白い子猫を抱いたスカイハイが真剣に収録に取り組んでいた。

『ふわふわだ！　実にふわふわだ!!』

ワイルドタイガーが落ち込むファイヤーエンブレムに、「ないない」というように大きく手を振る。

「大丈夫だって、あいつそんなこと気にするヤツじゃねぇし！」

「現に気にしてるからこうなったんでしょ？」

恨めしそうに見るファイヤーエンブレムにワイルドタイガーは親指を立て、サムズアップする。

「もし気にしてんなら、やっぱり飲めばいいんだよ。なぁ、バニー」

言われたバーナビーは、目を閉じてしばし考え込んでいた。

「おい、バニーまでどうした？」

「僕たち……飲みに行ったこと、ないですよね」

じっとバーナビーはワイルドタイガーを見つめる。圧を感じたのか、ワイルドタイガーはややたじろぐ。

「だ、だな……ん？　それがどうした？」

「さっき虎徹さんが飲んでパーッて解決って言ってましたが、されたことないなって」

「いや、今まで散々誘ってきたけど断ってたじゃねぇか！」

ファイヤーエンブレムは二人のやり取りを冷静に分析した。

「あんたたちはその場でギャーギャー言い争っちゃうからね。悩みを持ち越さないもんね？」

「あ、それ言えてるぅ！」

ワイルドタイガーはおどけて答え、バーナビーはファイヤーエンブレムからの指摘に再び考え込む。

「そういうものですか」

言い合っている三人の背後のドアが開き、スカイハイが入って来た。

「遅れてすまない！　迷惑をかけてしまったね！」

ファイヤーエンブレムは勢いよく立ち上がる。ここで和解できるか、とバーナビーもワイルドタイガーも見守っているが、いきなりは言い出しにくいのか語尾が小さくなってしまった。

「大丈夫……だけど……」

「ワイルド君とバーナビー君も急にすまない。そしてありがとう！」

スカイハイにお礼を言われ、ワイルドタイガーとバーナビーはファイヤーエンブレムを気にしながらも答えた。

「いや俺たちは全然構わないけどな」

「ええ」

バーナビーはチラッとファイヤーエンブレムを見た。スカイハイに話しかけるタイミングを窺っているようだが、切り出せずにいる。

「おい、さっさとケリつけちまえよ」

「わ、わかってるわよ」

ワイルドタイガーが嗾け、ファイヤーエンブレムが小声で返したことにスカイハイが気付き、顔を向ける。

「ファイヤー君？」

「あ、あのね……」

——頑張れ、ファイヤーエンブレムさん。

バーナビーが思わず心中で応援しながら拳を握り締めそうになったところで、ドヤドヤと複数の足音と声が聞こえてきた。

「なんであなたたちがここに⁉」

その声はアニエス、と――。

「サポートはいくらいたっていいですよね？　ブラックとトーマスも是非先輩バディのお役に立ちたいと、ねぇ」

トーマスたちの所属会社、『ジャングル』のカルロッタと、彼女に伴って入ってきたMr.ブラック、ヒーイズトーマスだった。

「僕は言われたから来ただけです」

トーマスが淡々と答える一方で、ブラックも正直に答える。

「俺も参加はしたかったスけど、ここまで無理しなくてもいいかなって」

「ちょっと口裏合わせなさい」

カルロッタが取り成すが、アニエスは頑として譲らない。

「ＮＯなものはＮＯ！」

「アニエスさん！」

カルロッタも大人しく引き下がる気はない。せっかくファイヤーエンブレムが話せそうなタイミングだったにも拘わらず機を逸してしまったことにバーナビーは気を揉んでいた。

「折角だし参加してもらったらどうだい？」

一歩も譲らないアニエスとカルロッタの間に、スカイハイが絶妙に入る。スカイハイ本人の提案となると、さすがのアニエスも考えている。

「え、けど」

「うれしいです。急な呼びかけに応じてくださって」

何の嫌みもない、素直なスカイハイの態度にカルロッタもたじろいでいる。

「い、いえ」

「うわぁ、カルロッタさん押されてるよ」

いたずらっぽくブラックがツッコむ。そこへスタッフが出番を告げにやってきた。

「皆さん、ご移動お願いします！」

「では、行こうか！」

スカイハイの呼びかけに、バーナビーは思わずファイヤーエンブレムを見る。

問題をスッキリさせてからイベントに臨みたかっただろうに、とバーナビーはお節介かもしれないが、ファイヤーエンブレムの心中を慮っていた。


イベントのステージ上にはトーマスとブラック、タイガー&バーナビー、ファイヤーエンブレムとスカイハイが並び、たくさんの観客から質問を受けていた。

イベントには老若男女問わず多くの人が集まり、盛況である。

「すきなもようはなんですか？」

マイクを握った小さな女の子があどけない質問をすると、指名を受けたスカイハイは誠実ににそれに答えた。

「好きな模様？　そうだな、強いていえば水玉かな。トーマス君は？」

少し考えた後、普段は無口なトーマスも答える。

「しましま？」

「どうもありがとうごじゃいまちた」

と女の子はお辞儀をする。

続いて複数の女性の観客が立て続けに質問をするが、すべてバーナビーへの名指しである。

「バーナビーに質問なんですがぁ」

「バーナビーに質問です！」

「バーナビー、この前の事件について質問が」

フェイスオープンにしたバーナビーが答えようとすると、痺れを切らしたのかブラックが前に出てきた。

「あ、強盗事件!?　あん時はね――」

「あの、バーナビーに聞いてるんで」

ブラックはなおも食い下がる。

「けど、俺でも答えられるしよぉ！」

「バーナビーで」

――あくまで僕を指名してくれることはありがたいが、少しだけ申し訳ない。

様子を窺うバーナビーの隣で、やはりフェイスオープンにした状態のワイルドタイガーが悔しがるブラックにやんわりと話しかける。

「やめとけ、空しくなるだけだ」

次第に空が色づいてきている中、なおも質問タイムは続いていた。

「えっと、ヒーローの皆さんに質問なんですけど」

ブラックはガッツポーズを取る。

「キタァ！」

そのとき、客席から年配の男性の野次が飛んだ。

「目障りなんだよ、おまえら!! さっさと引っ込め、ＮＥＸＴ!!」

「んだと！」

おじいさんと呼ばれる年齢に近いその男性客は、ステージ上のヒーロー全員に敵意のこもった視線を向けている。

非ＮＥＸＴ——頑張って市民の平和を守っているつもりでも、ヒーローそのものを快く思っていない人は存在することをバーナビーも認識している。だが、普段頭の片隅にあったとしても、こうして言葉にされるとやりきれない気持ちになった。たぶんここにいる全員が、同じ気持ちだろう。そう、バーナビーは推測していた。

「警備員!! さっさと仕事して！」

「調子に乗ってんじゃねぇぞ！」

アニエスが遮るも男性の野次は止まらない。

「なぁ……」

ワイルドタイガーが男性に向かって何か声をかけようとしたところで、スカイハイがスッと前に出た。

「……それはすまなかった。このイベントはもうすぐ終わる。是非、シュテルンビルトの景色を楽しんで欲しい」

批判の言葉さえも包み込むスカイハイの姿勢に、会場は静まり返った。

「では、質問は他にあるかな？」

「バケモンが！」

だが先を続けるスカイハイの言葉にかぶせるように男性は捨て台詞を残して会場から立ち去ろうとする。スカイハイは無言のまま、男性を見ていた。

「おぉぉい！　オッサン！　自分が何言ってっか分かってんのかぁ！」

しかしそのとき、ブラックがステージ上で吠える。

スタッフのテント内でカルロッタは頭を抱え、アニエスの顔がひきつる。

「これじゃ放送できない……」

ステージ上では慌ててファイヤーエンブレムがブラックをたしなめた。

「やめなさい、あんなの相手にするだけ無駄よ！」

するとブラックはファイヤーエンブレムに詰め寄る。

「悪りぃことを悪りぃつって、何が悪りぃんスか」

「え」

ファイヤーエンブレムは驚いた声を上げる。

「スルーしてたらなんも変わんねぇ！」

「あ……」

ブラックの忌憚ない言葉は、奇しくも、ファイヤーエンブレムの心に刺さる。ファイヤーエンブレムは相手を気遣うあまり、状況を変えられずにいる自分とブラックの言葉を重ねていた。

その間にさっきの野次の男性客は帰ろうとする。それを見とがめたブラックはすかさず「逃げんな！」と叫ぶ。

会場内を不穏な空気が包み、観客たちが皆、不安そうな表情になる。

舞台から客席に身を乗り出しそうなブラックを、サッとスカイハイが手で制した。

「Mr．君、お客様が怖がっている」

「けど！」

スカイハイの表情はマスクに隠れて見えないが、先輩としてなだめるような毅然とした口調だった。

「それはヒーローがすることじゃない」

ブラックはそれきり黙（だま）ってしまった。

男性客は警備員ともみ合いながら、まだ気持ちが収まらないのか毒づき続けている。

「気持ち悪ぃんだよ！　ＮＥＸＴなんて！」

「オッサン、ぜってぇ天罰（てんばつ）くらうからな……」

ブラックが皆に聞こえない程度に、しかし恨みをこめてつぶやく。

そのとき、観客たちがざわめき始めた。一部の観客が悲鳴を上げ、慌てた別の観客が叫（さけ）ぶ。

彼らの視線を追ったバーナビーは、天井（てんじょう）からパラパラと何か欠片（かけら）のようなものが落ちてきていることに気付く。

次の瞬間、すさまじい音が響いた。何かが折れ、崩れるような……。

「!?」

バーナビーは目を疑った。展望台の支柱が一部崩落（ほうらく）し、落下しているのだった。

このままでは展望台そのものが崩れる。落ちているパーツも相当な重量のはず――。

「おいおいおい」

ワイルドタイガーも状況を把握（はあく）したようだ。お客さんを助け、崩落を食い止めなければ。

すると次の瞬間、大きな鉄の部品が落ちてきた。

お客さんたちが逃（に）げ出（だ）す中、ブラックも走り出す。

男性のお客さんの頭上にまさに鉄の部品が落ちようとしていた。その寸前にブラックが大きく両手を広げ、真上にかざす。

「なっなんだ、お、おい！」

彼が発動したバリアが男性を落ちて来た部品から守っていた。男性は――先程ＮＥＸＴ批判をしていた観客だった。

「セーフ！」

ブラックが満足げに声を上げると、自分がピンチから救われたと理解した男性は、腰を抜かしてしまった。

その間にも刻々と、建物自体がバランスを失って傾き始めていた。これでは展望台のお客さんたちは立っていられないだろう。

「やばくねぇか！」

ワイルドタイガーが叫び、バーナビーも叫び返す。

「皆さんを避難させましょう！」

アニエスが全員に指示を出す。

「スカイハイとトーマスは展望台の客の避難を！　他の四人は落下物の対処と会場の人たちの避難支援を！」

「了解!!」

バーナビーたちはそれぞれ頷き、職務を開始するべく移動を開始する。

走りながらブラックの声が通信で聞こえた。

「また裏方かよ……」

ぼやくブラックにカルロッタから通信が入る。

『君、あとで始末書だから』

「それ今言うっスか!?」

続いてワイルドタイガーも通信で話しかける。

「おいブラック！　……天罰うんぬんってのは、ありゃ冗談でもよくなかったな」

「あんたまで説教かよ」

うんざりしたブラックの声が届く。するとマスク内のワイルドタイガーは微笑んで続ける。

「けどお前みたいに真っ直ぐなヤツ、嫌いじゃねぇぞ」

どちらもいい勝負だと思うのだが。バーナビーは心の中だけでひっそり思う。

「おしゃべりしてる場合ですか」

それだけ伝えると、バーナビーは急いで落下物対応のために現場へ向かう。

「へいへい」

ワイルドタイガーの不承不承のつぶやきが、聞こえてくる。


「スカ――――イハ――――イ！」

スカイハイがトーマスを背に乗せて、最も危険な展望台に近付く。

飛行しながらスカイハイが怯えているお客さんに声をかける。

「我々が必ず皆さんを助けます！」

トーマスは飛び降りるとすかさず、能力で少年と女性のお客さんを浮かせ、展望台から遠ざける。そのお客さんをスカイハイが拾い上げ、安全な場所に避難させると、再び上昇した。

一方バーナビーは次々と落下してくる鉄柱をキックで弾き、お客さんにぶつからないようにしていた。

バキンッ！

鉄柱を足で受け止め、蹴り飛ばす。それを繰り返す。連続して鉄柱をキックし続ける中、一つの鉄柱の落下に追いつけず、すり抜けて行ってしまう。

「！」

と、沸き立った火柱が鉄柱を食い止めた。

「ハァアァ！」

ファイヤーエンブレムだ。バーナビーは束の間、ホッとして、改めて気を引き締める。

任務を完了しなければ、何としても。

ブラックはバリアで落下物を受け止め、ワイルドタイガーはお客さんを出口に誘導している。

「こっちだ！」

ワイルドタイガーは展望台を見上げる。

「持ちこたえてくれよ」

ファイヤーエンブレムが火柱を出し続けながら尋ねる。

「スカイハイ、展望台の残り人数は？」

スカイハイが小さな女の子を下ろしながら答える。

「四十人近い」

「そんなに!?」

地響き(じひび)がし、また支柱が大きく崩れる。お客さんは悲鳴を上げ、パニック状態だ。

「マジかよ」

「ウソでしょ」

ブラックとファイヤーエンブレムの呆然(ぼうぜん)とした声が聞こえる。

カルロッタが心配してトーマスたちに通信で呼びかける。

『あんたたちも避難して!!』

「するわけないだろ、逃げるなんて」

トーマスはボソリとつぶやく。

僕と虎徹さんはイベントホールに残っていた最後のお客さんを避難させていた。
「時間がありません！」
「オーケー！　会場避難完了！」
虎徹さんがサムズアップしたのを見届け、僕も頷く。さあ、次の任務だ。

次は、展望台のお客さんを全員退避させる。

「ファイヤーエンブレムさん！」

叫ぶと、ファイヤーエンブレムさんが振り返った。

「え？」

すかさず、虎徹さんと僕はグッドラックモードに切り替える。

『ワイルドタイガーハイパーグッドラックモード』

『バーナビーハイパーグッドラックモード』

今頃、スカイハイさんは地道に救助を続けているはずだ――一人でも多く、と。

グッドラックモードの僕と虎徹さんは、スカイハイさんに向けて力と声を振り絞る。

「スカイハイ!!　受け取れー！」

「受け取ってください！」

虎徹さんの右のパンチが、僕の右足のキックが、ファイヤーエンブレムさんを強く押し出す。

スカイハイさんのもとへ届くように。できるだけ遠く！

「ふあ〜〜いあああああああ〜ああああああ〜いやぁぁ〜ああああ〜いやんいやんいやんいやんあああ〜！」

「ハ――イ」

ファイヤーエンブレムさんはバランスを崩しながら飛ぶ。

「ナイスキャッチ」

スカイハイさんがそんなファイヤーエンブレムさんの下に回り込み、無事に受け止める。

「つかまって」

ファイヤーエンブレムさんを背に、スカイハイさんが一気に加速する。

いよいよ支柱が限界になり、展望台は大きく崩落しようとしていた。柱が砕けるすさまじい音がする。スカイハイさんは両手で大きな風球を作り、鋭く放つ。

「スカーイハイ！」

風球は細かな鉄のパーツや落下物を浮かせ、やがてそれらを巻き込んで、風の流れとともに上昇する。スカイハイさんが風を操っているのだ。

風球は風圧でそれらの鉄の瓦礫を巻き込んだまま空中へ上がっていく。

そして、ほとんど骨組みだけになってしまった支柱にそれらの瓦礫——鉄のパーツや金属片などを風圧で張り付けた。

「ファーイヤー！」

そこへすかさずファイヤーエンブレムさんが火柱を放った。長く伸びた火柱は支柱を蛇行するように上下し、見る間に先ほどの鉄クズを溶接してしまう。

崩れた支柱は、二人の共同作業で固定され、しばらくは倒壊の危険もなさそうだ。

僕がほっと息をつくと同時に、お客さんたちの歓喜の声が上がった。

「これで時間稼ぎにはなるわね！」

上空でファイヤーエンブレムさんとスカイハイさんが支柱を確認している。

「……すげぇ……」

先程野次を飛ばしていた男性も、固定された支柱を見上げて思わず感嘆の声を漏らす。

「へへっ」

ブラックは満足そうだった。

スカイハイさんとファイヤーエンブレムさん。二人は直接ぶつかったりはしないのだろうが、彼らしか成し得ないバディになれたのではないだろうか……なんてお節介にも考えてしまうのは、誰かの影響かもしれない。

スカイハイと私は、夕暮れに染まった空を飛んでいた。私はスカイハイの背に乗せてもらってて、まるでデートみたいにロマンチックな光景。

「さ、戻りましょう」

ちゃんと、この前のこと謝らなくちゃ。今度はタイミングを逃さないようにしないと！

決意を込めて話そうとしたら、先にスカイハイが話し始めた。

「その前に……君に今、言っておきたいことがある」

「え？」

ヤダ、先に謝られたりしたらどうしよう。思わず身構える。

「実は……私、セロリが苦手なんだ」

「は？」

ここにきて何の告白？

「だから君のスムージーは息を止めて飲んでいた。疲れているときは机に置きっぱなしにしたピザで、三食済ませることもある……日によっては、何も食べないときも。それから――」

初耳なことだらけで混乱した。おまけにまだまだ続きそう。

「ちょっと、え、え？　それが今したい話？　この状況で？」

スカイハイは、ゆっくりと言った。

「私は、完璧な人間ではない」

「あっ！」

そういうこと!?

「無理していたんだ、君によく思われたくて！　いいバディになりたくて！」

「え!?」

――何てこと……でも、本音を話してくれたこと、ちょっと嬉しい。

「だが昨日のことがあって、その行動が君を悩ませていたことを知った」

「その件は、ごめんなさい」

すぐに話さなかったこと。そして、勇気を出して本人に言えなかったことは、私の責任。

「いいんだ！　どうすればより良いバディになるか考える機会になったしね」

「……まさか、今日トレーニングを休んだのって、ずっとそれを考えて？」

まったくなんて健気なの。スカイハイみたいには誰もなれないわね。誰がよくて、誰が悪いってわけじゃなくて……彼は本当にまっすぐで何事にも真剣で、そこが素敵だってことよ。

「あぁ、その第一歩が今の告白さ」

「今日のイベントにサポートを頼んだのは？」

「イベントが嘘にならないように」

スカイハイが答えると、今日のイベントの広告ナレーションがふっと頭をよぎる。

『オープニングセレモニーには堅い絆で結ばれた、最強バディヒーローが登場！』

なるほどねぇ。

「我々はまだ最強のバディになる途中だからね」

「あんた、どんだけ真面目なのよ」

でも、そこがいい。真面目すぎるぐらいなところもキューティーポイントよ。

「きっと我々には、まだすれ違ったり悩んだりする時間が必要なんだ」

「へ？」

「……だって彼らも最初からうまくいってた訳じゃないだろ？」

見下ろすと、タイガーとハンサムがまた何か言い合っている姿が見えた。まったくあの二人は……と思いながら、二人がまったく言い争わなくなったらそれはそれで寂しいわね。

「たしかにね。あそこまでぶつかりすぎるのはちょっとアレだけど」

私たちには、私たちの理想のバディの形があって、それに一歩近付けたってことかしらね。

「『特別な景色は、二人を特別にする』って本当なのね」

今日の締めくくりに、私もロマンチックな台詞を言ってみる。

「ん？　どういうことだい」

「だから今の状況がキャッチコピーと同じ……って説明させないでよ！　あんた昔から、そういうところあるわね」

「そういうところ？」

「だからぁ！」

ツッコみながらも、嬉しかった。これが言いたいことを言い合えるってことなのかも。

ファイヤーエンブレムさんとスカイハイさんが仲良く空中散歩をしている。

やっと二人きりで話せたようでよかった……と、それはさておき。

「さっきちょっと息切れしてましたよね」

虎徹さんはギクッとした顔でそっぽを向く。

「し、してねぇよ」

「頼りにされたいなら、まずは食生活を見直してシェイプアップしないと」

彼は変わらずこってり味が好みだ。元気な証拠、とも言えるが何事もほどほどにして欲しい。

「唐揚げ定食のこと言ってんのか？」

不服そうに口をとがらせる虎徹さん。正確に言うなら唐揚げ定食にマヨネーズ、ですけどね。

「スーツ、きついんじゃないですか？」

「キツくねぇ！」

あくまで強気な虎徹さんに、思わず笑ってしまった。まぁ、また注意はします。これからも——。

ブラックは空を見上げ、スカイハイにツッコむファイヤーエンブレムを眺めてつぶやいた。
「な～んか……凄いんだか凄くないんだか」
アニエスとカメラマンは、スカイハイとファイヤーエンブレムが応急処置を施した展望台を見上げていた。アニエスは厳しい表情で展望台を一瞥した。
「詳しい調査はこれからだけど、事故の原因は完成を急がせたことによる手抜き工事のようね」

駐車場では、昴が懸命にカルロッタに今日の働きをアピールしている。

「見てくれました!?　俺がカッコよくオッサン助けるシーン！　今日イチのハイライトじゃないスか！　だから始末書は、ね？」

昴は手を合わせて様子を窺うが、彼女はやれやれとため息をつく。

「ダメか……」

肩を落とす昴の隣で、トーマスはマイペースに伸びをしていた。

別の一角では、ネイサンとキースが、すっかり元の和やかな雰囲気に戻り、話している。

「スカイハ～イ、今日は反省会って名の飲み会よぉ～！」

ネイサンが誘うと、真剣な表情でキースが尋ねる。

「先にパトロール済ませていいかい？」

「真面目！　けどそこが好き」

わだかまりが解けた様子の二人を、虎徹とバーナビーも嬉しそうに見つめていた。

バーナビーはそんな二人の様子を見ていたが、虎徹に向き合い、声をかけた。

「僕らも行きますか」

「え？」

「今日飲みに」

虎徹の顔が嬉しそうに輝くが、すぐに申し訳なさそうな表情に変わる。

「お、行くか……あ、ダメだ。今日アントニオと飲む約束してんだった」

「そうでしたか」

　バーナビーは平然とした口調で答えた。

「悪いな」

　心から申し訳なさそうな顔をする虎徹を、バーナビーは気遣わせないように先に帰ることにしたのだ。

「いえ、そういうことでしたら、僕も友達と食事を楽しむことにします。では」

　踵（きびす）を返し、歩き出すとバーナビーの背中に勢いよく声がかぶさる。

「じゃあ今度行こうな、絶対だぞ！」

「ええ」

　軽く手を上げて応じたその背中を、虎徹は嬉しそうに見つめた。

「へぇ……友達」

　感心するように、虎徹は一人つぶやく。

　一方、歩き去っていくバーナビーも密（ひそ）かに考えていた。

　――約束があるのはいいものだ。たとえ、それがいつかは決まっていないとしても。

　マンションの窓から見える夜景は、いつも以上に輝いて見えた。スカイハイさんたちの問題、

そして事故現場の救出、二つの難問が解決したからかもしれない。

「さぁ、沢山どうぞ」

僕は——友達、我が家のプランターの植物たちにたっぷりと栄養剤をあげた。彼らにとっての夕食、それも特別な夕食だ。

「さてと、僕もいっしょに食べようかな」

テーブルの上には焼き立てのステーキ——ヘルシーな赤身肉だ——と、赤ワインで今日一日の自分を労う。

次に虎徹さんと食事するときは——そうだな、スシバーなんてどうだろう？

忙しかったが、いい一日だった。充実感とともにグラスを持ち上げ、植物たちに目を向ける。

「では、チアーズ！」

友達との夕食は、実に楽しいものだ。僕は微笑み、グラスに口をつけた。

★★★

色鮮やかに塗られた門。その一角に、無残にも倒れている二人のヒーローの姿がある。彼らは倒されたままの姿勢で硬直していた。

「『おっにっくっ♪　おっにっくっ♪』」

俺と相棒の、双子の弟ムガンと大好きな「お肉」コールをしながらホテルのドアを開ける。

今日も俺たちはやるべきことをした。しかも、いたって順調、迅速に！

俺はいいことを思いついて、電話をかけるジェスチャーでムガンに提案する。

「ルームサービス頼もう！」

「賛成！」

ムガンも嬉しそうに頷く。

俺たちは部屋に進み入り、窓際のテーブルに座っているおじちゃんに話しかけた。

「「いいよね？　ブラーエおじちゃん！」」

するとブラーエおじちゃんは立ち上がる。

「ああ、いいよ。お帰り」

優しい声でおじちゃんは言い、俺とムガンを迎えてくれた。穏やかに微笑むその顔を、窓からの光が照らし出す。

「「やったぁ！　ただいまぁ！」」

ムガンと俺がおじちゃんにただいまの挨拶をすると、おじちゃんは俺たちの肩に手を添えてくれた。

蛇のタトゥが刻まれたおじちゃんの手は、とても温かい——。

## ≫ 第5話

# Live and let live.

（自分も生き、他人も生かせ）

シュテルンビルトの美しい夜景が、眼前に広がっている。

——特にビルの屋上から街の夜景を一望するのは格別だ。

などと思いながら虎徹がぼんやり街の明かりを眺めていると、そのビル群の間を広告スクリーンを貼り付けた飛行船が通過していく。

画面の中では、ドカーン！　という激しい爆発音とともに、見慣れたヒーローの姿が現れた。

『ここでロックバイソンが登場だ!!』

紹介とともに腕組みをした姿で画面上に登場するロックバイソン。正面をビシッと指さし、決め台詞を言う。

「勝利の雄叫びを上げるのは俺たちだ、モ〜〜！」

と、再びドーンと画面上で爆発音が聞こえたかと思うと、今度はスクリーン画面が縦三分割になり、折紙サイクロンが映し出される。なかなか凝った映像だ、と虎徹は画面に釘付けになる。

『折紙サイクロンが見切れた！！！』

折紙サイクロンは自分の紹介画像を押しのけると、画面中央に躍り出る。

「キングオブバディヒーローの座は拙者たちがいただくでござ〜〜る」

カメラが引くと、両肩のドリルを回転させたロックバイソンと、巨大手裏剣に乗って華麗に空を飛ぶ折紙サイクロン。並んで飛ぶ二人の姿に広告の文字が重なる。

そんな二人の広告が流れる飛行船が空に浮かんでゆっくりと移動していくのを、虎徹はウィンクルムでのイベント直前の日のことを思い出しながら見つめていた。

その日はいつもと同じ、日中はトレーニングに励む日だった。

今日も無事に一日が終われればいいな、と俺は考えていた。

毎日それを願っていて、何事もなければ心からホッとする。なのにこう、どっかポカンと穴が開いてるみたいなぼんやりした気持ちになっちまう日だ。

こんな日の締めくくりは、家で「Mr.レジェンド」のディスクを見返すに限るな。

トレーニングルームのロッカー。俺が着替えていると、武骨な声が耳に入った。

「虎徹。今日の夜時間ねえか?」

虎徹。俺をそう呼ぶのは――アイツしかいない。

「なんだよ、改まって」

そうそう、アントニオと飲みに行くのも悪くないな。そう思って顔を上げると、ホッと緩んでいた心が急に引き締まるほど、しょげた顔をしたアントニオが座っていた。

「俺と折紙のバディな、解散するかも……」

絶望的な声で、アントニオは低く呻いた。

「へ⁉」

待ち合わせたのは、俺たちがしょっちゅう行くバーだ。ドアを開けると、野太い声が耳に入って来た。やけにでかくて、陽気に響いている。

「無礼講だって、無礼講！　遠慮すんなよ、俺のおごりだ、おらカンパーイ！」

店内を覗くと、アントニオが知らないお客に絡んで強引に乾杯していた。ちょっと引き気味のお客さんのグラスに自分のビールジョッキをぶつけている。

——あーあ、もう完全に出来上がってるな。

乾杯したアントニオはジョッキをあおり、ビールを飲み干しそうな勢いだ。

「おい、おい」

見かねて声をかけると、アントニオはジョッキを置き、両手を広げて嬉しそうに近付いてきた。

「アハハハハ！　おお虎徹～～待ってたぞォ～」

む、む、苦しいって……アントニオはゴツいガタイで、ギュウッと俺にハグする。

「心の友よぉぉぉ～～！」

そして、さっきまで笑っていたはずがいつの間にか泣き笑いになっている。やれやれ……。

アントニオ・ロペス。心からいい奴なんだ。

ただ一つ、飲みすぎちまうとこだけを除けば——。

「うううう……」

吐き気がするのか呻きだしたアントニオを公園に連れ出し、ペットボトルのミネラルウォーターを差し出した。

「ホラ、水飲め水」

「すまねぇ……」

「ああ」

アントニオは、大きな体を小さく丸めてうつむいている。水を受け取らないので、足元に置いた。

「許してくれ」

さらにうなだれるアントニオを見ていると、ちょっとなつかしく感じる。よくお互いに酒飲んでやらかしたもんだ。思い出のあれこれが蘇るな……。

「もういいって」

センチメンタルな気分で答えると、アントニオは絞り出すように言った。

「本当にすまねぇ、折紙」

「あ、俺じゃねぇの？」

思わず拍子抜けする。今、蘇った思い出のあれこれは何だったんだ。

「傷つけるつもりはなかったんだよぉ」

低く呻くように言い、うつむいている。やれやれ……俺はとことん話を聞くつもりで尋ねた。

「……何やらかした？」

アントニオはペットボトルを拾い上げてぎゅっと握り締める。

「昨日、決起集会だって、しこたま飲んだんだ。で、気付いたら名前の話になって……」

ここから先は、アントニオに聞いた話だ。

アントニオはかなり飲んでいて、しかしその日は楽しい気分でイワンと二人で話していた。

「前から気になってたんだけどよぅ……折紙って、なんでサイクロンっていうんだ？」

話題の流れでふとアントニオは尋ねた。

「え？　それは……。あの……」

イワンは少し照れながら何か話そうとしたが、酔っていた勢いもあって本人が答える前にアントニオが遮ってしまった。

「サイクロンって台風って意味だろ？」

「え？」

「俺としちゃ折紙のイメージは台風じゃなくてそよ風だ」

アントニオは何気なくそう言ったが、イワンは途端に顔を強張らせて、「そよ風？」と聞き返す。

「そう！　折紙は台風ってガラじゃねぇ。そよ風なんだよ！」

明るく続けたアントニオを見つめ、それきりイワンは口を閉ざしてしまった。

「俺としちゃ、あっという間に見切れてく折紙が、通り抜ける風みてぇだって伝えたかっただけなのに……」

アントニオに悪気はなかったことはわかっていた。表裏のないことが彼の取り柄だ、とも捉えている。虎徹の推測では、アントニオなりの風のイメージを伝えようとしただけだったのだろう。言い方が悪かったのだ、とも考える。

「だったらシラフのときに謝って、弁解すりゃよかっただろ？」

「やったよ！　謝ったけど……」

虎徹がアドバイスすると、アントニオは弱々しく言う。

「絶対まだ怒ってる。あれから目も合わせてくれないし……」

「しっかりしろよ、アントニオ」

虎徹はアントニオの目を見ようとするが、うなだれていて目を合わせようとしない。アントニオが相当弱っていることを虎徹は察して口を閉じた。

「なぁ虎徹。相棒ってなんなんだよ」

「え？」

突然、アントニオが予想もしていなかった質問をする。

咄嗟に虎徹は言葉に詰まった。

——何かいいこと言うべきか？　……いや、でも急に言われても……えーと、なんだ、その……。

返答に悩んでいると、アントニオは神妙な口調で続ける。

「距離感がまだわかんねぇんだ、ダチとはなんか違うのか？」

——ダチか……。

虎徹はバーナビーの顔を思い浮かべながら答える。

「ウチのパターンで言やぁ、友達っちゃ友達かな。けど、なんつうか……それだけじゃねぇんだよなぁ、うん」

——友達、じゃあ片付けられねぇ何かなんだよ。

そう思うものの、うまく言語化することが難しい。

アントニオは「うう」と唸り、「よくわかんねぇ」と、さらに肩を落とす。

——だよな……。

言葉を探しながら、虎徹はただアントニオのそばにいることしかできなかった。

留置所の面会室では、透明な板の仕切りを挟んでイワンとエドワードが向かい合って座っている。

「なんだよ、その顔。暗い顔して。何かあったのか？」

目の前のイワンの様子にエドワードは心配して声をかける。

「いや、ごめん……大丈夫」

イワンは無理に笑顔を作ろうとするが、その表情は暗く沈んでいた。イワンの様子を見かね、エドワードが重ねて言う。

「俺たち、色々あったけど、友達なんだから、話があるならいつでも聞くからな」

エドワードの言葉にイワンはまだ元気のない表情で答える。

「ありがとう……」


朝の爽やかな空気の中、バーナビーは「友達」である鉢植えの植物たちの様子を心配していた。

「やっぱり元気ないなぁ……お水足りなかった？」

葉の様子を見ながら、バーナビーは植物たちに水をやる。窓の外からは朝の日差しが差し込んできた。


『Ｈｅｒｏ Ｆｅｓｔｉｖａｌ』当日は、鮮やかな晴天だった。

青空に花火が上がるのを、バーナビーは穏やかな気持ちで見つめていた。

来場のお客さんに向けて、今日は司会をしているマリオのアナウンスをする声が響いてくる。

『本日はファンの皆様への日頃の感謝を込めて、各ステージでバディヒーローによる様々な催しが開催されております！』

ゴールドステージでは、ブルーローズのコンサートが催され、大いに盛り上がっている。相棒のゴールデンライアンも一緒にパフォーマンスを行っている。

講堂ではスカイハイとファイヤーエンブレムが、先日の展望台事故の映像を見ながら、講義形式で説明をしている。

一方、Ｍｒ．ブラックとヒーイズトーマスはブースを設けて撮影会を行っている。ファミリーと一緒に写真を撮る二人は――着実にファンを増やしている様子だ。

大会場では、ドラゴンキッドとマジカルキャットが、会場のお客さんたちとジャンケン大会を行っている。

ドラゴンキッドがジャンケンをしているのを、キャットも一緒になって盛り上げている。

どこの会場、ブースも大盛況であり、ヒーローとファンの交流、ヒーロー側もお客さん側も楽しんでいるように見えてバーナビーは微笑ましく感じられた。

控え室にも、キッドさんたちとファンの皆さんの笑い声が漏れ聞こえていた。
「皆さん、張り切ってますね」
和やかに進んでいて何より……そう思って虎徹さんを見ると、何故か険しい顔をしている。

「……全然ダメだな」

「ん……?」

虎徹さんの視線の先を追うと、僕たちと同じように出番待ちをしているバイソンさんと折紙先輩の姿があった。折紙先輩は入念にストレッチをし、バイソンさんは何やら話しかけたそうな素振りをしている。

「……なぁ、折紙……」

「なんですか?」

折紙先輩はストレッチをしながら聞き返す。どこか冷たい口調に聞こえるが気のせいか?するとバイソンさんは諦めた様子で一人話を打ち切る。

「いや……なんでもない」

ははぁ。バイソンさんの気まずそうな様子と、心配そうな虎徹さんを見比べて、大体の察しはついた。

「またお節介ですか?」

虎徹さんは図星、という顔でこちらを見る。

「バイソンさんから何もしなくていいって言われたんでしょ」

「でもよ～……ぬあああ!」

バイソンさんたちが仲違いをし、虎徹さんは手伝いをしたいがバイソンさんに止められていて……それで、もどかしそうにジタバタしている、というわけか。

やれやれ、と呆れつつ、まぁこれもいつものことか。僕は虎徹さんの動きともども、バイソンさんたちを見守ることに決めた。

大型スクリーンがしつらえられた会場には登場のカウントダウンとともに、小さな爆発が起き煙が膨れ上がる。煙は渦を巻き始め、だんだん大きな渦巻になる。その渦巻とともにロックバイソンが登場した。ポーズを決め、拳を打ち付けるとその強烈な威力に火花が散る。

『西海岸の猛牛戦車、ロックバイソンがド派手に登場だぁぁぁ!!』

「うっし！」

会場はロックバイソンの登場に大いに盛り上がる。すると間髪を容れずに煙が晴れるとカメラがサッとその脇を映し出す。

『おっとー！　折紙サイクロンが見切れております！』

いつもの見切れで登場すると、素早くジャンプし前に出る折紙サイクロン。

『と思わせて、前に出た!!』

ロックバイソンと折紙サイクロンは二人同時に決めポーズを取る。二人のポーズは、以前にスカイハイのアドバイスによって生まれたポーズだった。ロックバイソンが右に、折紙サイクロンが左に腕を上げてポーズを取る。

「バイソン殿と只今参上!!」

そう見得をきる折紙サイクロンとロックバイソンの二人揃った姿に、会場から一段と大きな歓声が上がる。

「イベント中は問題なさそうだな」

舞台袖から二人の動きを画面で確認しながら、虎徹がホッとした顔をする。

「当然ですよ、プロなんですから」

バーナビーは淡々と答える。ワイルドタイガーとバーナビーはヒーロースーツを着用し、フェイスオープンにした状態で待機していた。そこに、スタッフが出番を知らせに来る。

「我々も集中しましょう」

バーナビーの呼びかけに、ワイルドタイガーも気合いを入れる。

「っしゃあっ！」

画面を切ると、ワイルドタイガーは気持ちを切り替えるようにステージへ向かう。バーナビーもゆっくりと後を追った。

タイガー&バーナビーが担当するイベントは握手会だった。

ステージ上にワイルドタイガーとバーナビーが並び、それぞれのファンと話したりサインをしたり、握手をする。短い時間だが、ファンと直接触れ合えるありがたい時間だ、とバーナビーは捉えていた。

応援しているとかファンだと言ってくれることは、バーナビーにとっても素直に嬉しい。

「あああもう、一生手を洗いません」

ファンの女性が感極まった様子でバーナビーと握手する。

わざわざ自分に会うために来てくれて……と考えかけてバーナビーはふと気付く。以前はただ顔を知らしめる手段だと思っていたこと。人気が上がるのはあくまで効率を上げるためだと割り切っていた……その気持ちが徐々に変化していることを自分でも感じていた。

「嬉しいです。でも、手は洗ってください」

隣ではワイルドタイガーがファンの男性に話しかけられている。

「いつも俺、タイガーさんから勇気もらってます」

嬉しそうに話す男性に、ワイルドタイガーも笑顔で答える。

「そんなもんでよかったらドンドン持って行ってくれ！」

ファンの男性は両手で「グッド」サインを作り、感激したように言う。

「しびー！」

ワイルドタイガーの列には男性ファンが多く並んでいる。その圧倒的な熱量にバーナビーも元気をもらえるような気持ちになる。

バーナビーの前から女性が挨拶して去っていくと、次に男性のファンが一歩進み出た。バーナビーは視線を上げる。男性のファンがバーナビーを目当てに会いに来てくれることは珍しいことだった。

「今日はありがとうございます」

笑顔で握手をするバーナビーに、男性は控えめな微笑みを浮かべた。赤い髪色にそばかすがある白い肌。優しそうな顔立ち。年齢はバーナビーと同じぐらいに見受けられる。

「貴方の活躍が僕の刺激になっています」

柔らかい口調で男性は言った。

「とても嬉しいです」

誠実な言葉を使う人だな、とバーナビーは感じた。礼儀正しい振る舞いも好感が持てる。男性はじっとバーナビーの目を見つめる。物腰はやわらかいのに、しっかりとした意志を持つ印象を受けた。

「僕は必ず、貴方のように大きなことを成し遂げてみせる」

「楽しみにしています」

バーナビーは微笑んで答える。

「あ、これ良かったら」

男性は帰り際、ガムを渡してくれた。こういうプレゼントは珍しい、と思いながらバーナビーは受け取る。懐かしいカラフルなパッケージに頬が緩んだ。

「懐かしいな。昔よく食べてたんです」

すると、男性は身を乗り出すように言った。

「僕もです！」

「大切にいただきますね」

バーナビーの言葉にハッとした後、男性は寂しそうに笑ったように見えた。男性が背を向けて一歩、歩き出す。その様子に、バーナビーは多少の引っ掛かりを感じた。

手にした懐かしいガムを見つめていると不意に幼い頃、これと同じフーセンガムを膨らませる自分と……もう一人、一緒にガムを食べていた友達の姿が思い浮かんだ。

——家の前で、よくその子と一緒に遊んだ。赤い髪色でそばかすがあって……。

あ。バーナビーの中で急に記憶がカチリと嵌まった。

「マッティア？　はす向かいに住んでた、はす向かいのマッティア!?」

思わず呼び止めると歩きかけていた男性が、くるりとバーナビーを向く。その顔は満面の笑みだ。

「そうだよ、はす向かいのバーナビー！」

マッティアは思い出してくれた嬉しさに、笑顔をこぼす。バーナビーも嬉しさと懐かしさがいっぺんにこみ上げた。


イベントは大盛況で終了した。

バーナビーにとっても思わぬ収穫があった。幼馴染みのマッティアと再会できたのだ。大人になっても優しく……バーナビーとマッティアはまたすぐに会おうと連絡先を交換していた。

「んぁ？　なんかイイことでもあったのか？」

控え室の前で待っていてくれた虎徹が不思議そうな顔で尋ね、バーナビーは知らず知らず鼻歌を漏らしていたことに気付いた。

――ここは虎徹さんにちゃんと紹介したほうがいいだろうか。

バーナビーが口を開きかけたとき、控え室のドアが大きく開かれ、慌てた様子のアントニオが廊下に出て来た。

「虎徹！　折紙見てねぇか？」

「んあ？」

虎徹の生返事に、アントニオはさらに焦った声を出す。

「折紙だよ！　控え室には荷物がなくて」

「じゃ、帰ったんじゃねぇの？」

「やっぱりそうか」とがっかりと肩を落とし、アントニオは急いで走って行った。

「お〜〜い、折紙ぃぃ〜!!」

アントニオの叫び声が遠ざかっていく。

「……根が深そうだ」

ぽつりと虎徹がつぶやく。すると、ガタン、と物音がして後方にあった掃除用具入れの扉が開き、イワンが出てきた。

「あ、そんなところに」

バーナビーと虎徹は驚き、声をかける。

「折紙……」

バツが悪そうに、イワンは虎徹たちの前を通り抜けて行こうとした。

「……お疲れ様です」

「おい、折紙！」

追いかけようとする虎徹を制して、「ここは僕が」とバーナビーがイワンを追いかけた。

駅のホームから、折紙サイクロン&ロックバイソンコンビのＣＭが流れる画面が見える。

イワンはじっと広告画面を直視し、隣でバーナビーはその様子をそっと窺っていた。

「いつも電車移動なんですね」

バーナビーがさりげなく尋ねると、少し照れながらイワンが答えた。

「人間を観たくて……」

「人間……？」

意味がわからず聞き返すバーナビーに、イワンは頷いて説明する。

「擬態では姿は変えられても中身は僕です。少しでも変身する人間になりきるために人間の有り様を研究してるんです」

——そうだったのか。

バーナビーはすぐには言葉にならないほど感心した。自分たちに見えないところでトレーニング以外にもそういう地道な努力を続けていたことに尊敬の念を覚える。

素直にバーナビーが賞賛の言葉をかけようとしたその時、

「バーナビーじゃない？」

「バーナビーだ！」

あっという間に周囲の人々に気付かれてしまい、バーナビーは咄嗟にヒーローである「バーナビー・ブルックスＪｒ．」として対応する。

「フッ」

人差し指と中指をチャッとかざして微笑み、髪をかき上げながら会釈（えしゃく）すると、多くのファンがバーナビーを取り囲んだ。

俺はアントニオを助手席に乗せて、車を走らせていた。

悩んでいるヤツを放っておけなかったし、話したほうが少しでも気が楽になるんじゃないかって……。

「どうすりゃいいかわかんねぇよ、もう……」

アントニオは隣で俯（うつむ）きながら話す。

「イベント中は普通（ふつう）に話せたんだよ。なのに謝る機会すらくれないなんて……」

「まあ、焦らねぇで時間かけてゆっくり……」

言いかけた俺の言葉を、アントニオが遮る。

「それじゃあダメなんだよ」

俺はチラッとアントニオに視線を向けた。相変わらず沈んだ表情のままだ。

「俺たちが不信感を抱いたまま出動することになったら、市民を危険に晒すかもしれねぇだろ?」

そうか……。それは、その通りだ。

だが、俺は言葉をかけずに前を向く。

「事件が発生するまでに何とかしてえんだけど……」

ダチだったら時間をかけてゆっくり誤解を解いて関係を修復すりゃいい。けど、バディは一緒に成すべき仕事がある。いつ事件が起きるかわからないのに、息が合わなければ一瞬の判断を見誤る可能性だってある——。

難しいなバディって……。だが、俺はアントニオを何とかして助けたいし、ロックバイソンと折紙サイクロンの「折紙ロック」コンビは見事に復活してくれるって信じてる。

公園に移動する頃にはすっかり日が暮れかかってしまった。
「やっぱ素顔でのヒーロー活動って大変なんですね」

折紙先輩と僕は、結局駅から退散し、ベンチに並んで腰かけていた。

「すみません。折紙先輩の大切な時間なのに、僕の握手会になってしまって……」

するると、折紙先輩はチラッと僕を見る。

「いえ……謝るのは僕の方です。バイソンさんとのこと……気ぃ遣って声かけてくれたんでしょ？」

「あ、えー」

逆に気遣わせてしまった。「そうです」とも言えず、曖昧にごまかす。

「情けないけど、どうしてもバイソンさんのあの発言が許せないんです。僕のすべてを否定された気になって……」

折紙先輩は、うつむきながら話す。

「名前のことですか？」

頷いて、折紙先輩は言葉を続けた。

「折紙サイクロンという名前は僕の原点なんです」

僕も折紙先輩を見つめ、耳を傾ける。

「僕は両親から、誰にも能力を見せるなとキツく言われていました。でも子どもって自分の力を見せびらかしたくなるものじゃないですか……」

ゆるく頷き、言葉の続きを待つ。

「絶対秘密だから」と言って友達の擬態をして見せたら、友達が悲鳴を上げ、気味の悪い物でも見るような目で見られ、仲間外れにされるようになった――。そんな経緯を折紙先輩は苦しそうに話してくれた。

「結局両親が正しかった……その日から、僕は透明人間になったみたいでした。誰も僕を見ないし、話そうとしない」

クラスのみんなが先生の冗談で笑っていても、自分一人が笑っていない。

「僕は存在する意味がない……もう諦めてました。透明人間でいいやって……」

僕は、ただ折紙先輩の話の続きを待つしかなかった。

「でもあの日僕は……透明人間から人間に戻ったんだ……」

あの日、というのは僕が八歳のときのお泊まりキャンプに行ったときのことだ。

たまたま運の悪いことに目的地に大きな台風が直撃した。

横なぐりの激しい雨が僕たちの泊まる山小屋の窓に叩きつけていた。クラスのみんなは怖がって、窓の外の様子を恐々窺ったりしていた。先生たちが安心させようとしてくれていたけど、不安な顔をしている子が多かった。

僕は小屋の奥で一人座って、嵐が過ぎるのを待っていた。

そのときだ。急に停電が起きたのだ。部屋の中は真っ暗。女の子は怖がって悲鳴を上げた。

「おちついてー」

「大丈夫だよー」

先生たちが励ましてくれたが、別の先生がやってきて、川の増水を食い止めるために先生総出で作業をするという話をしていた。川が氾濫したら、この山小屋も浸水してしまう。土嚢を積んで、川の水をせき止める作業をする必要があるようだった。

担任の先生が言った。『ちょっぴり』が口癖の、優しいおじさん先生だ。

「皆はここにいて！　絶対に部屋から出ないように！」

生徒に不安を与えないよう言いつつも、小屋から出て行ってしまった。

「はーい」と大人しく返事をする子もいれば、「いかないで」と不安そうにつぶやく子もいた。

そして、先生が立ち去ってしばらくすると、雷が鳴り始めた。

ピカ！　ゴロロロ……。

「うわあ!!」

雷は近くに落ちたようで、ドーン、と大きな音を立て、地響きがした。

外が青白く光り、耳が痛くなるような雷の音が続く。みんなは悲鳴を上げて床にしゃがんでいた。

僕は、そのとき思ったんだ。

「僕がみんなを安心させなきゃ。僕がなんとかするって……なぜか心が熱くなって」

そっと一人、部屋を出た僕は扉の外で能力を発動した――そして、部屋に戻った。担任の先生に擬態して。

「いやあ～、すごいねこの台風。ちょっぴりだけどね」

するると、泣いていたみんなが僕のもとに集まって来た。「先生」と言いながら抱き着いてくる子もいた。心細かったんだな……僕は自然にその子たちの肩に手を添えた。

「大丈夫だよ、大丈夫」

安心して泣いてしまう子を見て、僕は心がすーっと強く、冷静になるのを感じた。

「泣かないで、ちょっぴり怖かったんだねー。大丈夫、大丈夫」

先生に擬態した僕は、初めてみんなを安心させることができたんだ――。

イワンの話を聞いて、バーナビーはしばらく口を開けなかった。

「それが折紙先輩の原点」

言葉を選びながらイワンを見る。

「はい！」

「台風の日に生まれたヒーローだから折紙サイクロン……」

確かめるようにつぶやくバーナビーに、少し嬉しそうにイワンは頷く。

「バイソンさんは、ただ謝るだけで、僕が大切にしている気持ちを知ろうともしなかったんで

す。だから僕は意地になって……でも、こういうのって自分から言うのもなんか違うじゃないですか……」

ん〜、と言いながらイワンはチラッとバーナビーを見る。

「一体全体、どういう風にバイソンさんに伝えるべきか……」

イワンは悩んで下を向いてから、再びチラッとバーナビーを見る。それを何度か繰り返す。

「ん〜……」

――これは何かのサインだろうか？

少ししてから、バーナビーはハッと思い至る。イワンはバーナビーに橋渡しをそれとなく頼んでいるのだ。

任せてください、と言葉には出さないが、バーナビーは大きく頷いた。

トレーニングルームの一角。

バーナビーに呼ばれ、アントニオと虎徹はイワンの子どもの頃の話を聞いた。折紙サイクロンの誕生秘話を聞いた二人は、それぞれ思案顔になる。

「あの名前に、そんな重要な意味があったのか……」

アントニオは愕然としていた。虎徹も「折紙サイクロン」の名にそこまで深い思い入れがあるとは知らず、感心していた。しかし……と虎徹はアントニオを見る。

「そよ風はマズかったな」

由来を知らなかったとは言え、彼を傷つける言葉になってしまっていたことがわかり、虎徹も感想を漏らした。

「俺、もう一度謝ってくるわ！」

立ち上がって走り出しそうなアントニオを、虎徹はどうにか止めた。

「ちょいちょいちょい！　もっと慎重に行こう」

「ええ、正面切って言われると、折紙先輩は照れて素直になれない可能性が」

バーナビーも同意し、アントニオを説得した。

「んなこと言われてもどうすりゃ！」

焦っているが困ってもいるアントニオは、縋るようにバーナビーを見る。

「さっきからマジで気が散るんスけど〜。くだらない話をオッサン三人で！」

と、突然、隣のブースから昴がひょいと顔を出した。

「オッサ……」

バーナビーはその単語に凍り付いている。

――この前はおじさんだったのに、さらに遠慮がねぇな。

虎徹はフリーズするバーナビーを見つつ、苦笑する。

「おい、くだらないってのはどういう意味だよ」

アントニオが昴に噛みついた。だが、昴はまったく意に介さずに答える。

「言葉のまんまスよ。簡単に解決する話をグチャグチャ悩んでみっともねぇ」

「オッサ……」

一方、まだバーナビーはショックを引きずっている。十七歳のブラックから見ればバニーもオッサンってわけだ、などと考えながら虎徹は昴に言った。

「簡単に解決できねぇから、オッサン三人が悩んでんだろう」

「!?」

昴に反論したつもりが、うっかりバーナビーを頭数に入れてしまい、睨(にら)まれる虎徹だった。

「マジ簡単っすよ。折紙さんの名前を貶(けな)してアレしたんでしょ。だったらシンプルに逆のことやればいいんスよ」

自信満々な昴の意図がわからず、虎徹たちは首をかしげる。

「だから！　折紙さんが大切にしている名前を今度は褒(ほ)めまくったらいいんス」

昴の意見が名案なのか、虎徹には判断つきかねる。アントニオも虎徹を見る。

「ん～……どう思う？」

虎徹は困ってバーナビーを見た。

「どう思う？」

バーナビーは、それはないでしょう、と言わんばかりに苦笑する。

「……フッ」

「お前の苦笑い初めて見た……」

妙(みょう)なところで虎徹が感心していると、イワンがやってきた。

「お疲れ様です」

淡々と挨拶するイワンにアントニオは動揺しながらも、どうにか「お疲れ」と返す。

「うっす」

「お疲れ様です」

虎徹とバーナビーもぎこちなく挨拶した。

「あぁ見てらんねぇ。よっし……」

三人の態度に痺れを切らした昴がイワンのもとに向かおうとし、アントニオが肩を引き寄せ囁きかける。

「えっ!? お前行くの？」

驚くアントニオと、虎徹、バーナビーも不安そうに見守る中、

「任せてください。褒めるのとかマジ得意なんで」

昴は構わずイワンに歩み寄った。

「折紙さん、ざーす！」

「あ、どうも」

イワンは控えめに挨拶を返す。すると勢いをつけて昴が続けた。

「いやぁ、マジかっこいいスよね、折紙さんの名前って」

「ん？」

急に名前のことを言われ、イワンは怪訝な表情を浮かべる。

「いきなり？」

虎徹は思わず小声でツッコんでしまった。

「なんか、すげーそう思ったんスよ。さっき？　急に？」

昴は自信満々に続け、そのハートの強さに虎徹は感心する。

「はぁ……」

ますますイワンは怪訝な顔になっていく。

「特に『サイクロン』ってのがいいんスよね。サイクロンっていう、あの……語呂(ごろ)？」

思わずアントニオは手で顔を覆(おお)ってしまう。

「っ！　……下手すぎる」

「あと折紙って部分もなんかすげぇなんつーか……あ、サイクロンだけ褒めりゃあいいのか」

「ん？」

イワンが明らかに訝(いぶか)しげな顔つきになり、アントニオをチラッと見た。

疑っているようなその声の鋭(するど)さに虎徹たちはギクッ！　となり絶句する。

「「うっ！」」

「……何が言いたいんですか？」

イワンは声を低めて昴へ向く。しかし昴はまったく動じずに続けようとする。

「いや、俺はただサイクロンって名前の素晴(すば)らしさについて……」

「……もしかしてバイソンさんに頼まれたんですか？」

しかし眼光が鋭いイワンに、昴もごまかしが利かなくなって両手をひらひら振(ふ)る。

「いやいやいやいや、全然そういうんじゃ」

イワンが、昴を強く睨みつけると、咄嗟に昴も虎徹たちに視線を向けた。

アントニオはダラダラと冷(ひ)や汗(あせ)を流す。虎徹とバーナビーも気まずくて目を逸(そ)らした。

「やっぱり……」

「違う！　違うんだよ折紙！」

アントニオはイワンに向かって慌てて一歩踏(ふ)み出(だ)す。

「バイソンさんはわざわざブラック君まで使って僕の名前をイジりたいんですね」

「いや、今のはブラックが勝手に」

「え、俺のせいスか？　先輩がくだらないことで悩んでるっていうから」

「それはお前が！」

主張する昴とアントニオが言い合う。そのやり取りを背に、イワンは「くだらない」という言葉に反応してどんどん冷たい目つきに変わっていく。

「結局バイソンさんは悪かったとか言いながら、本心では僕の名前がおかしいと思ってるんですね」

アントニオはイワンの真横に立ち、必死に弁解する。

「んなわけねぇだろう！　聞いたぞ、バーナビーまで使って、名前の意味を伝えようとしてくれたんだろう」

しかしイワンはその言葉に反発する。

「まで使って……まで使って!?」

イワンは怒りに肩を震わせている。アントニオのフォローは完全に逆効果だったようだ。

「あ〜そうですかっ」

完全にキレてしまったイワンを、虎徹は普段大人しい彼がこんな風に怒るのを初めて見たために オロオロと見ていた。

「すいませんねぇ、面倒くさい人間で」

「そうじゃねぇ！　俺に伝えようとしてくれたのが嬉しくて」

アントニオはイワンの肩を摑んで自分の方に向かせようとする。だが、イワンはそれを振り払う。

「もういいです！！　そんなに僕の名前が気に食わないなら、改名しますよ！」

「改名？」

虎徹とバーナビーも驚いて声を上げる。

——おいおいおい、何もそこまで……。

気を揉みながら虎徹はイワンの言葉を聞いていた。

「前から名前のことはブログのコメントでも誇大広告とか、名前負けとか、散々言われてたんです。所詮僕はバイソンさんの言うとおり、そよ風がお似合いだ」

イワンはヤケを起こし、言葉をかけようとするアントニオの手を撥ねのける。

「よーし、今日から僕は折紙そよ風だ」

アントニオは咄嗟に声をかけられない。

「いや、僕が折紙なんておこがましいか。僕なんかチリ紙だ！　そう！　僕はチリ紙そよ風だ！」

ヤケクソ気味でビシッと敬礼をしたイワンは、

「チリ紙そよ風、パトロールに出発ぁぁぁっっ！」

そう言うとくるりと背を向けて走っていった。呆然と見つめていたアントニオは、ハッとしてイワンの後を追う。

——どうしてこう、悪い方悪い方へ行っちまうんだ……。

ため息とともに虎徹はバーナビーと顔を見合わせる。昴はバツが悪そうに「さーせん」と深く頭を下げるとブースに戻っていった。

バーナビーと目を合わせると、虎徹もアントニオとイワンを追いかけた。

ジャスティスストリートの近くまで走って来た虎徹とバーナビーは、二人の姿を捜していた。

「どこ行ったあいつら？」

バーナビーを振り返ったとき、ＰＤＡが鳴る。アニエスの声に、虎徹は無意識に全身に力が入るのを感じる。

『ボンジュール、ヒーロー！　ジャスティスストリートで強盗事件発生』

虎徹はＰＤＡの画面で位置情報を確かめた。

「ん？　かなり近ぇや？」

「虎徹さん、あれ」

バーナビーが指さした先には、銀行に駆け込んでいくイワンとアントニオの姿があった。

アニエスは続ける。

『銀行内には人質がいるわ。下手に手を出したらアウト。突入指示は私が出すから』

『その必要はありません』

急に通信に割って入ったのは、アントニオだ。

『銀行内には俺と折紙がいる。ここは任せてください、アニエスさん』

慌てたアニエスの声が続ける。

『待って！　中で解決されても映像がなきゃ放送できない。犯人をおびき出して！』

さすがＨＥＲＯ　ＴＶの敏腕プロデューサーの言い分だ、と虎徹は考える。だが今は緊急事態だった。

「んなこと言ってる場合じゃねぇだろう。優先すんのは市民の安全だ」

「僕たちはフォローにまわりますね」

虎徹とバーナビーとで交互にたたみかける。

――さあ！　俺たちもあいつらを全力でサポートしてやる！

虎徹はやる気をみなぎらせていた。

『ちょっと、勝手に決めないで!!　それじゃ、放送……』

アニエスの声を振り切り、バーナビーとともに現場に急行した。

バイソンさんと僕は、まだギクシャクした雰囲気が残ったままだったが、強盗犯たちが銀行へ入ったことを見過ごすわけにはいかなかった。急ぎ強盗を捕らえるための絶好のチャンスなのだ。

僕たちが駆け込んだ銀行内では人々が人質として集められ、壁際に座らされていた。

強盗犯たちは銃を持って武装していた。犯人の一人はカウンターに、もう一人は人質たちの近くにいた。見たところ、店内にいる強盗犯は二人。銀行員はカウンター内に拘束されている――。

この状況でどう動ける――？　状況を見定めていると、人質側にいた犯人が男の子の襟首を摑んだ。隣にいた男の子の母親が悲鳴と共に「ダニエル！」と叫ぶ。

「動くな、このガキ、ぶっ殺すぞ！」

男の子はさらに怯えて泣き始めた。

「ふえぇ～～ん」

その男の子の泣き声に、一気にあのときの記憶が蘇る。

――ああ、そうか。僕はこの光景に見覚えがある……。

僕が動けるとしたら、この方法しかない。僕は一歩踏み出すことに決めた。

カウンター内では銀行員に銃を突きつけた強盗犯が「うるせぇなァ、そのガキ黙らせろよ！」と毒づく。

「うるせぇのはおめぇだよ、さっさと金集めろ！」

男の子をとらえていたもう一人の強盗犯が言い返し、身動きをした男の子に気付くと、

「ガキ、何こそこそしてた⁉　ちょっとこっち来い」

と、強引に連れて行こうとしている。

「あ、待って！」

母親が慌てて男の子に手を伸ばす。

「黙ってろ！　お前ら、カベの方を向いてろ！」

強盗犯が背を向けた隙を見計らい、僕は着ていた上着を男の子の母親にかぶせた。彼女が混乱しないように、小声で味方だと伝える。

「僕に任せてください」

僕は能力を発動し――男の子の母親に擬態した。

そう、僕は山小屋で泣いていたあの時のクラスの子たちを思い出したんだ。

母親の姿になり強盗犯に声をかける。

「私とダニエルを交換してください」

「あ？」

「お願い。その子に手を出さないで。人質なら私がなりますから」

強盗犯は一瞬難色を示すも、一緒に来るように指示する。

僕は――擬態した男の子の母親の姿で、できるだけ優しく言った。

「向こうに行ってて」

「でもママが……」

「平気よ、あっちにいるから」

僕は視線で本物の母親のほうを見る。すると、母親が立ち上がる。

「ダニエル！」

男の子は母親のもとに駆け寄る。だが、強盗犯は母親が二人いることに混乱している。

「ママ⁇」

その瞬間、再び自分の姿に戻り、強盗犯の顎に掌底を食らわせた。強盗犯は倒れ、バイソンさんが立ち上がる。

「ナイス！」

咄嗟にかけてくれたバイソンさんの言葉が、嬉しかった。僕は擬態を活かして、ここまでは何とかうまく行っている……ここから先も、乗り越えなきゃ。

バイソンさんも能力を発動させ僕たちのほうへ駆け寄って来た。

僕は人質の皆さんを誘導しようとした。

「逃げましょう、みなさん!!」

人々が次々に立ち上がる。だが、もう一人の強盗犯がマシンガンを構え、僕に向かって乱射しはじめた。

「てめえ!!　邪魔してんじゃねぇ!!」

ババババババババ……！

僕の身を庇って、バイソンさんが帽子を飛ばしてダイブする。

バイソンさんの帽子は弾を受けて弾き飛ばされる。

「大丈夫か？」

尋ねてくれたバイソンさんに、わだかまりなど忘れ、力強く頷いた。

「はい！」

しかしその間に強盗犯がカウンター上に立ち上がり、マシンガンを構えると人質に向けて見境なく撃ちはじめた。

「ぶっ殺してやる！」

強盗犯は、再びマシンガンを乱射し、人々の悲鳴が上がる。

「はあああ」

身体を硬化させているバイソンさんは、皆の盾になって銃弾を受け止めた。

生身の人間が撃たれている姿に驚いた人々がさらに悲鳴を上げる。立て続けに撃たれ、シャツはほとんど破れてしまっている。

バイソンさんは、自分の体を張って誰かを守れる人だ。服が破れても、頑として動かない強さとたくましさ——。

彼の勇敢さ、まっすぐな正義感を改めて思い知らされた。

「早く！　みんなを安全なところへ」

銃弾をあびながらバイソンさんが叫ぶ。僕は入り口に誘導しようと走り出した。

「さあみなさん、こっちです。こっちの物陰の方へ！」

銃弾が降り注ぐ中、恐怖のあまり立ち上がることもできず、動けない人々がいる。

「ダメだ、怯えて動けない」

僕は呆然とつぶやいた。なおも銃声が鳴り響いている。確かに動けば弾に当たってしまう危険がある。

怖がるのも当然だ。でも、どうしたら——。焦りで頭の中が真っ白になる。そのとき、

「お前ならできる！　できるって！！！」

バイソンさんが弾を受けながら、叫んだ。その言葉に、僕はハッとして目が覚めた。

僕にできることはただ一つ。だけどそれは、僕にしかできないことだ。

心が強く、研ぎ澄まされるような感覚になり、急いで後方へ走った。

人目につかない場所で能力を発動させ——イメージした人物に擬態する。

僕は、壁の向こうから微笑みながら現れる。余裕の笑みに、片手をスマートに上げる彼特有の挨拶をしながら——。

「ハーイ！」

「あ、バーナビーだ！」

さっきの男の子、ダニエルが嬉しそうに顔を上げる。バーナビーに擬態した僕は一歩前に踏み出し、人々を促す。

「僕が来たからもう大丈夫。こちらに避難を、さあ！」

バーナビーを見た人々の顔に安堵の色が浮かぶ。皆、立ち上がると、走り出す。

一方、バイソンさんは新しいマシンガンに持ち替えようとする強盗犯にタックルした。その弾みに強盗犯は天井を撃ってしまう。

天井から壊れた破片が降り注ぎ、カウンターの中にいた人質の銀行員たちが怯える。

バイソンさんは、すかさずマシンガンを持っていた強盗犯をパンチして倒す。しかし、カウンター奥からカバンを抱えた新たな強盗犯たちが出てきた。

「逃げるぞ」

「何者だよコイツら！」

強盗犯の一人は手榴弾のピンを抜き、それを放ると逃げ出した。

「ふせろ！」

バイソンさんが叫ぶと、手榴弾が爆発し、銀行オフィス内の机が吹き飛び書類が宙を舞う。

バイソンさんは机を受け止め、それを押し返し、服が破れたままそれでも気にせず前へ走り続ける。

「逃がすかよ！」

カウンターを乗り越えるバイソンさんと合流して走る。

どんな状況でも前だけを見つめているバイソンさんは、やっぱりすごいと思った。

だけど、僕も……僕にしかできないことがある。あの日、台風の中で怯えていた人たちを慰めたように。

そのことを、改めてバイソンさんは思い出させてくれた。再び怯えて動けなくなっていた僕の背中を、バイソンさんの声が強く押してくれたんだ。

「あっちだ」

「ええ！」

強盗犯たちが逃げて行った方へ僕たちは急ぐ。

けれど、そこにはすでに二人の強盗犯を確保しているタイガー&バーナビーがいた。

バイソンさんはホッとしたようにつぶやく。

「け、おいしいとこ持っていきやがって……」

僕は、自分でも気づかないうちに少し笑ってしまっていた。カッコよく決まらなくても、僕はやっぱりバイソンさんとだから、自分らしくいられるんじゃないかって……。

『犯人は四名、全員逮捕されすでに護送中。人質になっていた銀行職員と客に死亡者はなし。繰り返す……』

　周囲には状況を知らせる警察の無線が流れている。銀行のあったビルには警察車両が何台も停まり、空には報道ヘリが飛び、護送車が走り出した。

　アニエスは、スイッチングルームで怒りを露わにしていた。

「もう！　最後だけじゃ盛り上がりに欠けるのよ！」


　現場付近の路地では、イワンとアントニオが二人きりで立っていた。

「ホント悪かった、名前のこと……」

　アントニオはイワンを見つめる。イワンはややうつむいたまま、聞いている。

「お前はやっぱり折紙サイクロンだ」

「え？」

「お前はさっき、事件の局面を一気に変えた。台風みたいに一瞬で」

　イワンは驚いた顔を見せ、アントニオは自分の言葉に苦笑する。

「すまん、ちょっと苦しいか……」

　うつむいていたイワンは、ぽつりとつぶやく。

「嬉しいです、すごく……」

　今度はアントニオが驚いた顔をする。

「改めて、よろしくお願いします。相棒」

その言葉と共に差し出されたイワンの手を、アントニオは感無量の表情でしっかりと握り、二人は固い握手を交わした。

嬉しさを隠し切れないアントニオは、イワンの体を軽々と持ち上げ、頭の上でクルッと回転させると、イワンを自分の前方に着地させる。

「勝利の雄叫びを上げるのは俺たちだ、モ～～～～！」

「キングオブバディヒーローの座は、拙者たちが頂くでござ～る」

シュッと見切れるイワンにアントニオは嬉しそうに笑いだし、イワンもつられて笑いだした。

――「相棒」ってやっぱりいい言葉だな。

アントニオもイワンも言葉には出さず、心中で同じ想いを噛みしめた。

俺はバニーと夕方の街並みを歩いていたが、ふと思いついて、バニーを見る。

「ああそうだ、こないだの埋め合わせに、今日飯でもどうだ？」

立ち止まると、バニーは即答する。

「あ！　すみません、今日は約束が」

「ん？」

バニーは穏やかな顔色を変えずに言う。

「友達とご飯に……では……」

理由を告げ、そそくさとバニーは立ち去る。

おい、おい！　「飲んだことありましたっけ」とか言ってたじゃねぇか！

「あ～、そうですかっ」

おっと、思わず折紙と似たような口ぶりになっちまった。不貞腐（ふてくさ）れてるわけじゃ……いや、少しはあるけど、まぁ……食事をする友達がいるってのは喜ばしいことだな。

いつかその友達、紹介してくれたりしたら嬉しいけどな。

残念だが飯はまた今度にして、俺は特製チャーハンでも作って食おう。その後は『Mr.レジェンド』の活躍を鑑賞（かんしょう）する、で決まりだな。

一人の夕飯も悪くない気がして、俺はゆっくり歩き出した。

窓の外は雪に覆われた山が見える。ブラーエおじちゃんが連れてきてくれたホテルで、俺たちは皆でごはんを食べていた。

皆っていうのは、俺、俺と双子（ふたご）のムガン。それに、俺たちを育ててくれたブラーエおじちゃんの三人のことだ。おじちゃんは優しくて、何でも知っていて、俺たちが質問すればどんなことも教えてくれる。ナイフとフォークの使い方、背筋を伸ばしてきちんとすること、みんなおじちゃんの教えだ。

で、ムガンと大きなステーキを切り分けて食べていると、おじちゃんが優しく尋ねてきた。

「今までに何人のヒーローを倒した？」

俺は考えながら答える。

「えっと〜何人？」

ムガンが「二十」と教えてくれる。あ、そうか。

「二十」

おじちゃんが俺たちを見る目は優しい。ムガンが張り切って答える。

「僕ら、最低でも三十六人のヒーローを倒すから、もう少し……」

俺も頷いた。

「もう少し……」

「そう、楽しみにしてるよ」

おじちゃんはワインを一口飲んで、楽しそうにしている。

俺たちは二人で声を揃えておじちゃんに言った。

「「うん、待っててね!!」」

俺もムガンも大好物のステーキを頬張る。いっぱい食べてもっと強くなるんだ、だって俺たちは……。

≫ 第6話

# Youth should be regarded with respect.

（後生おそるべし）

シュテルンビルトの夜の街を、強盗犯二人がジェットパックを使って飛行している。

『強盗犯グループは、依然メダイユ地区上空を逃走中。このままヴィルシエル市に出てしまうと、追跡が困難になってしまいます……あーっとそこに、稲妻カンフーマスター&魔女っ娘食肉目ぅ！』

ドラゴンキッドとマジカルキャットは強盗犯たちの行方を捉えながら、走っていた。

キャットはいったん立ち止まりステッキに左手をかざし、能力を発動させる。試しに一度放水をして、威力を確かめてみる。

「よし！」

——今日も調子は万全そう。

上空の犯人にステッキを向けてキャットが能力発動しようとした瞬間、後ろからドラゴンキッドの声が聞こえてきた。

「ボクに任せて！」

キャットが返事をする暇もなくドラゴンキッドは駆け抜けていき、上空を飛ぶ強盗犯たちに向かって大きくジャンプする。

「さぁっ！」

跳びながらドラゴンキッドが放った稲妻が強盗犯たちを直撃。犯人たちはたまらず悲鳴を上げた。

「づあああ！」

ドラゴンキッドが着地すると、少し離れた場所に強盗犯二人は落下した。それを確認するとドラゴンキッドはキャットを見て、指示する。

「よしっ、確保！」

その声にキャットはハッとして、「はいっ！」と答えると駆け出す。ドラゴンキッドは強盗犯の一人の腕を締め上げ、颯爽とポーズを取る。

「サァ！」

キャットも急いでもう一人の強盗犯にステッキを向け、確保する。決め台詞も忘れない。

「キラリラリン！」

——今日も犯人確保できたけど、また活躍したのはキッドさんだ……。

キャットの表情はわずかに沈んでいた。


目の前で、深刻そうな顔をした虎徹さんがつぶやく。

「バニー……こいつはこれまで戦ったどんな相手より強敵かもしれねぇぞ」

虎徹さんの落とした視線の先には——いかにも辛そうな麻婆豆腐がグツグツと煮えたぎっていた。唐辛子がふんだんに入っているであろう真っ赤なスープに、一瞬気圧されそうになるが……つとめて冷静に返答する。

「大袈裟ですよ。たかが食べ物で」

僕たちは撮影スタジオ内のテーブルに向かい合わせに座っていて、これからテレビ番組の収録を控えていた。周囲にはカメラマンと照明スタッフが虎徹さんと僕を囲んでいる。

虎徹さんは縋るように僕を見た。

「じゃあお前……先いけよ」

僕も譲らず、虎徹さんを見つめ返す。これは譲れない戦いだ。

「いえ、ここは先輩が」

「こんなときだけ先輩扱いかよ！」

虎徹さんが不満そうに言った時、

「本番五秒前！　美味しそうにお願いします」

撮影を告げるスタッフの声。虎徹さんは、神妙な面持ちで自ら麻婆豆腐を掬い上げ、口に入れようとしている――。

ちなみに、僕も虎徹さんもそんなに辛い物が得意な方ではない。僕は自分の番が来たらクールに美味しそうに食べてみせるつもりだが……目の前で煮えたぎっている激辛料理と果敢に挑戦していく虎徹さんを見比べ、固唾を呑んだ。

なるほど、先陣を切ってくれるなんて、やっぱり頼れる先輩だ……。

トレーニングセンター内の休憩室。

たくさんのスポーツドリンクを前にゴクゴクとその一つを飲むラーラを、パオリンが優しいまなざしで見つめていた。

「ふぅ」

飲み干したラーラに、パオリンが笑顔で次のドリンクのボトルを差し出す。

「はい、もう一本！」

「こんなに大丈夫ですよ！　ラーラの能力、飲んだ水出してるわけじゃないので」

パオリンはおかしそうに笑う。

「違う違う。これは栄養補給で、こっちは疲労回復。あと免疫力高めるヤツも！」

「そっかっ！　ありがとうございますっ！」

ラーラは笑顔でドリンクを受け取る。パオリンも嬉しそうに微笑む。

「気にしないで！　ボクは先輩なんだから、これくらい当然だよ」

カリーナとネイサンも二人のやり取りを見ながら微笑ましく感じていた。

「キッド、なんか変わったね」

「よっぽど嬉しいんでしょ、可愛い後輩ができて」

ドリンクを飲み終えたラーラがソファに横になる。するとごく自然にラーラの額の上にパオリンが氷嚢を置いてあげた。

ラーラは氷の冷たさに驚きつつ、嬉しそうに言った。

「ありがとうございます！」


ヒーローとしての一日を終え、ドアの前でホッと息をつくと、ラーラはドアを開けて中に入った。

「ただいま、ママ」

キラリラリン！　とポーズを取っているときのラーラとは少し違い、家は彼女が落ち着ける場所だった。

「お帰りラーラ。早速始めるわよ」

「うん」

母親のザミラが室内から歩いてくる。ザミラの表情は一見厳しいが、それもいつものことだった。

ラーラは力強く頷いた。家に帰ってからもトレーニングは続くのだが、ザミラが自分のためにトレーニングに付き添ってくれることが心強かった。

「二十……ッ！」

バーベル上げを二十回。そばではザミラがタブレットを手にラーラの様子を見守っている。

　重量のあるバーベルを上げるのは、小柄（こがら）なラーラにとっては当然のことながらとても苦しいことだった。しかし腕の筋力を鍛（きた）えれば、大量の水をコントロールするとき、もっと精度が高くなるというザミラの考えで、ラーラもそれには納得（なっとく）して頑張（がんば）っていた。

「はい、十秒休んだらもう一回っ！」

「わかった」

　ザミラは過去にプロのテニス選手として活躍していた。そのためトレーニングに関しての知識もあり、的確だとラーラは信頼（しんらい）していた。それに、何よりもラーラのことを思ってメニューを組んでくれていることが嬉しくもあった。

「ねぇ、今日のＨＥＲＯ　ＴＶでの反省点は？」

　バーベルを上げているラーラに、ザミラが声をかける。ザミラのタブレットには今日のキャットとドラゴンキッドの動画が再生されている。厳しい目でザミラは動画を見つめている。

　ラーラは自分の行動を思い出しつつ答えをすばやく頭の中で考える。

「えっと……カメラへのアピールが……足りない？」

　答えながらもバーベルを持ち上げるトレーニングはやめなかった。

「そう、まだまだ駄目（だめ）ね。でも一番の問題はココよ」

　ココ、とザミラは動画のある一部分を停止させる。

　タブレットの中には、ドラゴンキッドが犯人に稲妻を放つシーンと、アップになったドラゴンキッドが映っていた。画面にはキャットの姿はない。

『ドラゴンキッドの鮮やかな逮捕劇！　ここ最近のドラゴンキッドの活躍は目覚ましいものがあります！』

ドラゴンキッドの活躍を称える解説に、ザミラは眉をひそめる。

「やっぱりこの子、ヤッてるわ」

バーベルを下ろし、ラーラはザミラを見つめた。ザミラの言葉の意味をラーラは考えていた。

「優しい顔して油断させて、わざとラーラが活躍できないようにしてる。間違いないわ」

「なんでそんなことするんだろう」

ラーラにはその理由が思いつかなかった。

「自分の方が目立つためよ」

ザミラは吐き捨てるように言う。

――キッドさんは優しい。そんなことをする人には思えないんだけど……ママが言うならそうなのかな？　スポーツと同じで、みんなライバルの厳しい世界ってことなのかも。

ラーラは心の中で思いを巡らせた。スポーツ選手として勝負の世界を生きてきたザミラの経験からはそう思えるのかもしれない、と推測する。

「信じられないでしょう、仲間に裏切られるなんて。ママも信じられなかったわ。自分がそうなるまでは……」

壁に貼られたポスターにザミラは視線を移す。そのポスターは半分に切り取られ、ザミラ自身だけが写っていた。隣にはザミラのパートナーが写っていたはずだった。

この話をラーラは何度も何度もくり返し聞かされてきた。ザミラが選手時代にダブルスを組んでいた相手――パメラ・ドーソンの話だ。

ザミラは苦々しそうに言い放つ。

「パメラはそういう女だった。スタンドプレイに走って、尻拭いは全部私。引退したら自伝で私をこき下ろして、テニス界から追い出した」

たくさんのトロフィーがある中、ポスターの横に飾られているひと際大きなトロフィーに、かつてのザミラたちの栄光が刻まれている。

『シュテルンビルト、オープンテニス、チャンピオンシップ、女子ダブルス、パメラ・ドーソン、ザミラ・チャイコスカヤ』

「自分がのし上がるための踏み台にしたのよ！」

ザミラの怒りは何年たっても収まらない。

――きっとたくさん傷ついて、私にも同じ思いをさせたくなくて、私のためを思って言ってくれてるんだろう。

ラーラはザミラの怒りに触れるたびにそう推測してきた。

「うん……」

「これからは、ラーラの実力を存分にアピールしましょう！　もうバディなんて思ってちゃ駄目！　あなたのライバルなのよ!!」

――ママは大変な目に遭ったんだ。私はそうならない。ママのためにも自分のためにも頑張らないと。

「……わかったよ、ママ」

ララはザミラに向かって頷いた。

まだ僕もマッティアも幼い頃の話だ。僕たちは家の近くの道でお互いにフーセンガムを膨らませて遊んでいた。

マッティアは膨らませるのが上手で、僕も負けないように頑張って膨らませていた。だけど、いつも途中で割れてしまうのだ。

顔じゅうにガムがくっついて慌てる僕を、マッティアはいつも可笑しそうに見ていた——。

「いっつも髪の毛までベタベタにして戸惑うのが面白くて面白くて……」

今、目の前では大人になったマッティアが当時と同じように笑っている。

僕たちはレストランで、一緒に夕食を楽しんでいた。

「初耳だよ、君が割ってたのか！」

「あはは！　ごめんごめん」

ワインを一口飲んで、ちょっと睨む真似をするが、やはり当時のことを思い返すと微笑んでしまう。

僕にとって幸せな過去を共有している友人に再会できたのは、奇跡なのだから。

「だけど、嘘みたいだ。ヒーローで大スターの君と、こうしてくだらないバカ話をしてるのが」

「やめてくれよ。今の僕は、単なるはす向かいのバーナビーだ」

ヒーローではない自分として話せる時間が、「友人との食事」という形で持てるなんて思ってもみなかった。向かいに座るマッティアは、ニコニコ微笑みながら僕を見ていたが、ふいに真剣な表情になる。

「……なぁ、今新薬の研究をしているって言ったろ？」

「ああ」

「実用化にはもう少し時間がかかるけど、必ず、世の中の多くの人間を救ってみせるよ。君と同じように」

マッティアにまっすぐな目で見つめられ、僕はハッとする。

彼は研究者として新薬開発の使命に燃えている。僕と同じように多くの人を救うため、と言ってくれたマッティアの言葉は、僕がこれまでやってきたことをずっと見てきてくれていて、認めてくれていることが伝わってきて嬉しかった。

マッティアの言葉と、彼の存在に鼓舞される思いだった。

「これまで、僕にとって君は憧れだった。研究所の引き出しにも君のヒーローカード入れててさ、見て自分を叱咤するのが日課だったんだよ」

真面目な口調のマッティアに、僕は冗談めかして言う。

「なんか怖いな」

「でもこれからはライバルだ。負けないぞ」

だがマッティアは、真剣な表情を緩めず、さらに僕の目を見つめる。

「ライバル？」

「あ、ごめん！　敵だって言いたいわけじゃなくていい刺激を……」

マッティアの表情が緩んだのでホッとした。

「分かってるよマッティア。嬉しいよ」

人を救いたい――分野は違っても同じ使命を感じている友人がいて、僕は誇らしかった。


その頃、パオリンはスマホをスクロールさせ、本を選んでいた。

画面には「先輩なら怒るべし」という本のタイトルが表示される。迷ってパオリンが上へスクロールすると「怒る先輩はもう古い」というタイトルが現れる。

パオリンは思案顔でスマホを見つめた。

「どっちにしよう……」


翌日。

昴はトレーニングルームでタブレットを見つめていた。画面からはヒーイズトーマスがインタビューされている映像が流れている。昴は録画したそのインタビュー動画を眺めていた。

インタビュアーのマリオがトーマスに言葉をかける。
『いや〜、今回も大活躍でしたね！』
トーマスは「どうも」と淡々と答える。
『Mr．ブラックとのコンビネーションもまずまずのように見えましたが？』
『そうですか？』
マリオの質問に、トーマスはそっけなく答える。
動画を見ながら昴は声を上げた。
「『そうですか』だぁ⁉」
画面からはマリオの困惑したようなインタビューが続く。
『バディの存在は、なくてはならないものですよね！』
『へぇ』
答えるトーマスの声を聞き、昴は怒りが爆発した。
「へぇって、あんだよその返事！」

「やあっ！」
翌日のトレーニングルームで、私はブラックさんと実戦的な練習をしていた。

私が彼の背後で能力を発動し、水を噴射する。しかしブラックさんは咄嗟に振り向いても小さなバリアしか出すことができない。

「！　おわあああ！　ストップ、ストップ——！　だーくそ！」

水の直撃を受けてしまうブラックさんに、私は放水の手を止める。

「ねぇ、何この特訓？」

「ムカついても動じない集中力を鍛えんだよ！」

「集中力？」

ブラックさんはタオルで髪を拭きながら説明する。

「ああ、実は集中してっかしてねぇかでバリアのデカさ全ッ然違ぇんだ」

そうだったんだ。そんなことには全然気付いていなくて、私は感心した。

「キャットはそういう風に能力の出方に影響ねぇの？」

ブラックさんは不思議そうに聞いてきたが、私はまったく意識したことがなかった。

「ラーラは全然。いつでも絶好調っ」

羨ましそうにブラックさんは私を見ていたが、何かに気付いたのか片手を上げる。

「こんちゃーっす！」

ブラックさんが元気に挨拶した相手は、キッドさんだった。

「こんちゃーっす！　言ってくれれば付き合ったのに。もっと先輩のこと頼ってよ。はい飲んで」

キッドさんはブラックさんにドリンクを投げ、私には大きなボトルのドリンクを渡す。いつもキッドさんは、私のためにたくさんのドリンクを用意してくれる。

「この後トレーニングだけど平気？」

「はいっ！」

そして、いつも私の体調やトレーニングのペースを気にして、確認してくれる。私より少し年上なだけなのに、すごく頼れる先輩に思える。

「よしっ、待ってるね！」

立ち去ったキッドさんを見送ると、ブラックさんが心から、という調子で言った。

「いいなぁキャット……こういうのがバディだろ！　俺の相棒なんて、ワンちゃんグミ一個頂戴しただけで、ダンベル飛ばしてくんだぞ」

ああ……。答えようとしたところでママの言葉が頭をよぎって、すぐに言えずにいたら、突然ＰＤＡが鳴った。

『ボンジュール、ヒーロー。ノースシルバーで火災発生よ』

アニエスさんの通信を聞きながら移動する。私たち以外にもヒーローたちが皆、現場へ向かう。

『さらに混乱に乗じて強盗事件も発生。犯人逮捕は勿論、火災の起きたビルに取り残された市民の救出に、避難する市民の保護、みんな手分けして、ＧＯ！』

火災現場のビルは、激しく燃え盛り、鎮火する気配はない。上空を報道ヘリが何機も旋回し、地上には不安そうに火災を見物する大勢の人たちがいる。

火を消すことは、誰よりも私が得意だし任せてほしいことだと思っていた。

私は炎にステッキを向け、大量の水を放射する。見る見る炎は鎮火していき、ホッとして思わず笑顔になった。

「オッケー！」

一連の消火活動を映していたカメラにアピールしようと、気合いを入れてポーズを取る。

「いくよぉ～キラリラ……あ～ちょっと！」

しかし途中でカメラが移動してしまい、置いてけぼりになってしまった……。

今が完全に見せ場だと思ってたのに。

カメラを見送り、そのまま立ち尽くしている私のもとにキッドさんがいったん戻ってくる。

「お疲れ様！　ボクはこれから強盗犯を追う。キャットはここにいて」

「キャットも行きますっ！」

しかし、キッドさんはいつになく強い口調で「絶対ダメ！！！」とそれを遮った。

え。そこまで厳しく言われたことがなかったので、戸惑ってしまう。

周囲にいたブルーローズさん、ファイヤーエンブレムさんも普段にはないキッドさんの様子に驚いている。

「こっちはボクに任せて、できるだけ安全な場所へ皆を避難させる。いいね？」

そう言って、キッドさんは立ち去った。

私はしばらくその背中を見つめていたけれど、心を決めた。

――キッドさんはああ言ったけど、ここで待ってるだけなんて嫌だ。

私もキッドさんに引けを取らないぐらい活躍できるはず！


救助現場で人手が足りている様子を見定めると、水を噴射させながら、私は強盗犯たちのいる現場までやってきた。

強盗犯の一人を確保するキッドさんの脇をすり抜け、ビルとビルの間を跳んで逃げるもう一人の強盗犯を屋上で待ち伏せし、気合いを入れてステッキを構えた。

「悪者さんにはマジカルゥスプラ……」

「どけえ！」

しかし強盗犯はまったく無視して、私に銃を構えた。

「!?」

予想外の行動に動くこともできない私に、強盗犯は容赦なく発砲する。

バン!!

一瞬、何が起こったのかわからなかった。少しの間を置いて、弾は私の脇の地面をかすめたことがわかったが、私はひどく動揺していた。

そうだ。ヒーローになった以上、撃たれる危険性と隣り合わせなんだ。

でも、ここで逃げるわけにはいかない——私は何とか強盗犯に向き直り、ステッキを構える。

でも、どうしようもなく手が震えてしまう。

じりじりと強盗犯と私の距離が縮んでいく。

——もしまた撃たれてそれが当たったら……。

再び恐怖に硬直しかけたところへ、強盗犯の後ろにワイヤーを引っ掛けて、タイガーさんとバーナビーさんが来てくれた。

だけどそれに焦ったのか、強盗犯は前方から突破しようと私に向けてもう一度発砲した。

「どけオラァ！」

「！」

鳴り響く銃声に咄嗟に身をかわしたつもりが、よろけてバランスを崩してビルの屋上のフェンスに足を引っかけてしまい、落下してしまった。

「いたあっ!!　きゃあああぁぁぁぁ！！！」

「キャット！　おおおおお！！！！」

ワイルドタイガーは叫び、ハンドレッドパワーを発動すると、落下していくキャットを助けるため、凄まじい勢いで追いかけた。

「おおおお！！！！」

ワイルドタイガーがビルを駆け下り、キャットが地面に落ちるほんの寸前に、その体を受け止める。キャットは気絶して目を閉じてしまっていた。

土煙を巻き上げながら、踏ん張って立っているワイルドタイガーの後ろから、ドラゴンキッドが声を限りにキャットの名前を叫んでいた。

「キャット！！　……キャット……」

先頭を歩くのはカリーナ、ネイサンもそれに続き、パオリンと虎徹、そしてバーナビーが入院しているラーラの病院へやってきた。

カリーナがノックをし、病室に入っていく。

「キャット、大丈夫？」

ラーラはベッドに上半身を起こした状態で微笑んだ。

――よかった。思ったより元気そうだ。

バーナビーは安堵したが、他の皆も同様の想いのようで小さく息をつく。

「あ、はいっ、あくまで検査の入院なので」

だが、パオリンだけは、真剣な表情でラーラに詰め寄る。

「どうして一人で行ったの⁉　キャット！　もっと酷い目にあってたかもしれないんだよ！」

ただ怒っているわけではなく、泣きそうなほど彼女を心配していたことが、声の震えやその表情から伝わる。

「まぁまぁ、まずは無事を喜ぼう」

虎徹がパオリンの肩に手を置く。その言葉で、張りつめていた空気がホッと和らいだ。間一髪、ラーラを助けたのも虎徹だということもあって、パオリンも口をつぐむ。

そこへ足音がして、ザミラが入って来た。

「どうも、娘がお世話になっております」

表情を緩めずに挨拶をするザミラに、皆も会釈を返す。

――毅然とした雰囲気――を通り越して、やや冷たい印象を受けるお母さんだ。

バーナビーはそんな漠然とした感想を抱く。

「大変恐縮ですが、キッドさん以外は退室いただけますか？」

やはり表情を変えずにザミラが言う。キッパリとしたその物言いに、バーナビーをはじめ、全員がポカンとしたが、言われるがまま病室を出た。

パオリンが話を終えるまで、他のヒーローたちは廊下でしばらく待機していた。

「大人しく帰るか」

虎徹はそう提案したが、カリーナは「でも、なんでキッドだけ」とザミラの対応にやや不思議そうな反応を見せる。

「娘のバディにだけ伝えたいことがあるんでしょう」

バーナビーがフォローすると、ネイサンも頷く。

「そうよね。秘密のお話くらい誰にだって……」

ネイサンがそう納得して皆に言いかけた時、

「いいですかキッドさん!!」

ザミラの咎めるような声が病室から漏れ聞こえて来た。

ネイサンは驚きの声を上げる。

「うわ、聞こえるぅ～っ」

聞こえてくる言葉に、バーナビーたちは廊下から立ち去ることも出来ずにいた。

「私は、今回の事故が起きた原因の一端は、あなたにあると考えています」

ザミラの声は静かな怒りを含んでいたが、次第にエスカレートしていく。

「あなたがラーラの活躍の機会を奪い、ポイントや人気を独占しようとするから、ラーラは無理せざるを得なかったんです！」

――ええ!?

バーナビーを含む全員が「はぁあ!?」「ええ!?」など盛大に反応してしまう。

「いやボクはそんなつもりじゃ……」

弁明するパオリンの声が聞こえるが、ザミラはその言葉尻を遮る。

「現にラーラはそう感じてたんですよ」

「え……」

驚くパオリンの声。そして少し間があってからラーラの返答が聞こえた。

「……はい」

何かの間違いではないかと、全員が言葉の続きを待つ。

カリーナは明らかにショックを受けている顔になり、黙り込む。反対に虎徹は病室に入って行きそうな勢いだ。

「おいおいおい……」

「しっ！」

虎徹の気持ちはわかるが、バーナビーは「お静かに」と人差し指を口に当てて虎徹を押しとどめる。虎徹はしぶしぶ、小声になった。

「でもよお！　なあ！」

同意を求めるように虎徹が皆を見る中、カリーナが何かを思い出したのか口を開く。

「ただ、最近、ちょっとキッドもおかしかった。キャットに対して過剰に先輩ぶるっていうか」

ネイサンも心配そうな表情で頷く。

「そうね。初めての年下の後輩で、張り切っちゃったんだろうけど」

すると中から、会話の続きが聞こえてきて、全員は再びそちらに集中する。

「今後は、年長者の経験を活かして、あなたにはサポートに回って欲しいんです。ラーラは最前線で犯罪と戦うに足る実力があります。そうよね？」

またしても少しの沈黙があり、ラーラが答える声が聞こえた。

「……はい」

さらに短い沈黙の後、パオリンがきっぱりと答えた。

「……ボクはサポートに回りません」

「つまり、個人プレーを貫き通すと？」

驚くザミラの声、それに続けてパオリンのまっすぐな声が聞こえてきた。

「はい。これまで通りボクが前に出ます」

ショックを受けている様子でラーラが、小さく「キッドさん……」とつぶやく。

「キャットお大事に。復帰したらすぐトレーニングしよう」

先程までとはトーンを変えて、明るい声で言うとパオリンが病室を出て廊下にやってきた。

予定より出てくるタイミングが早かったので、聞き耳を立てていた虎徹は慌てている。

「なんだ、居たんだ」

パオリンがいつも通りの体でそう言う。盗み聞きをしてしまっていた手前、虎徹とバーナビーは「うん」とか「ええ」などとごまかす。だが、カリーナとネイサンは彼女に近付いた。

「ねぇキッド、どうしちゃったの」

「え？　どうもしないよ」

「おば様の言うことはちょっと鼻についたけど、だからってカタくなりすぎよ」

笑顔を見せてくれるか、そうだよね、と言ってくれる……そんなバーナビーの予想とは反対に、パオリンは黙ったまま歩いていってしまった。

「ちょっと！」

カリーナが彼女に声をかける。だが誰の声も聞かず、歩き去るパオリンの表情は苦しそうに見えた。

「……何の理由もなく、あんな態度取るわけないよね」

カリーナが心配そうにつぶやく。バーナビーも虎徹も、去っていくパオリンを見守るしかなかった。

――彼女には、きっと何か考えがあるはずだ。

これまでのラーラへの接し方を思い返しても、バーナビーにはパオリンが感情的に行動しているとは思えなかった。

パオリンが去った病室内では、ザミラが低くつぶやいた。

「とうとう本性(ほんしょう)を現したわね。ここからが本当の戦いよ」

ショックを受けた顔をしつつも、ラーラは小さく答える。

「……わかったよ、ママ」

キャットさんの退院の日――。僕はささやかながら、退院祝いの品物を用意してジャスティ

スタワーに向かった。

女子更衣室の前では、既にブルーローズさんとファイヤーエンブレムさんがそれぞれ花束を持って待機していた。僕と虎徹さんも、キャットさんを迎えるべくその輪に加わる。

ファイヤーエンブレムさんが虎徹さんの手元を見て、眉をひそめた。

「ね、タイガー。それ自分用よね？」

虎徹さんは、大きな渦巻状の棒付きキャンディーを持っている。

「んなわけあるか。キャットの退院祝いだよ」

ブルーローズさんとファイヤーエンブレムさんは揃ってドン引きする。

「「うわ～」」

えっ、「うわ～」？

僕は予め後ろ手に隠していたプレゼントを必死に見られないように気遣った。それがキャンディーである、だなんて明かせるはずがない。

ブルーローズさんもファイヤーエンブレムさんも心底呆れた顔をしている。そんなに引かれるほどNGなのか？

「立ち会えない皆からも預かってるけど、そんな子どもっぽいお祝い、誰からもないよ」

当然、というようにブルーローズさんが言い、ファイヤーエンブレムさんも付け加える。

「十四歳よ」

バイソンさんやスカイハイさんも!?　……っと、これは偏見か。

虎徹さんは戸惑いつつも、キャンディーを見つめ、それから僕を見る。

「けど、こういうの好きそうってイメージ……あるよな、バニー」

まずい。表情に出さないようにしなくては。と言うか、後でこっそり買い直そう。これは、ロッカーに戻し、すばやく代替品を調達しよう。

咄嗟に言い返せずにいると、虎徹さんは察したように尋ねてくる。

「お前もキャンディーか？」

「違いますよ」

クールに切り返したが、虎徹さんは疑いのまなざしを向けてくる。

「え〜」

やれやれ……僕も「子どもっぽいお祝い」しか思いつかなかったということか。

なんて考えていると、キャットさんが更衣室のドアの前に立ち、深々と頭を下げていた。

「皆さん。本当にご迷惑おかけしました」

「なんだよいきなり」

虎徹さんが驚いて明るく言う。ファイヤーエンブレムさんも気遣う一言をかける。

「かたっ苦しいのは無ーし」

「ええ」

僕も頷き、ブルーローズさんも近付く。

「よかった、元気そうだね」

「おかえり」

キャットさんが顔を向ける。と、そこにはキッドさんがやってきていた。

「……キッドさん」

キッドさんはつとめていつも通りのテンションと言い方でキャットさんの手を取る。

「早速だけど、トレーニング行こうか」

「はいっ！」

シミュレーションルームに向かって二人は歩き出した。

「え、おいっ」

キャンディーを渡そうとしていた虎徹さん——の隣で、僕はつい、思わず隠していたキャンディーを……差し出してしまった！

じっとこちらを見つめる虎徹さん。

ここはクールに開き直ろう。僕も「何か？」という感じで虎徹さんを見返す。

だが、あとで散々言われるんだろうな……。バニーもなんだかんだ俺と思考が一緒じゃねぇか、とか……いや、そんなことよりもキッドさんたちは、大丈夫なんだろうか。

ママは、厳しい顔でこう言った。

「復帰直後は、従順なフリをしていなさい。事件が起きたら、ドラゴンキッドに見せつけてやるのよ。あなたが上ってことを！」

病室ではキッドさんに反抗するようなことを言ってしまった。でも、前に出たいという気持ちは本当だ。

ママは私のことを心配してアドバイスをくれる。キッドさんだって私のためを思ってドリンクを準備したり、トレーニングメニューを組んだりしてくれている。本当に私を邪魔に思っていたら、私なんか放っておいて自分だけトレーニングするはずだ……でも、私をもっと前に出してくれてもいいのに、と思う気持ちがあるのは確かだ。

ママが大好きだし、ママと二人三脚で頑張ったからヒーローになれて、だからもちろん活躍はしたい……キッドさんのことだって嫌いじゃない。私の頭の中は、ごちゃごちゃしていた……。どうしたら、うまくいくんだろう。

『ボンジュール、ヒーロー。イーストブロンズで相次いで火災発生。犯行の手口から、おそらく容疑者はこの男よ』

アニエスさんからＰＤＡに通信が入り、犯人の情報が映し出される。メガネをかけ、ひげを生やした男の人だ。

写真には先日の火災現場の近くで、人差し指と親指でフレームを作り、その間から燃えるビルを眺めている姿が映っている——。

『一ヶ月前釈放された放火魔、ブルーノ・ブレイズ。先日の火事の現場付近でも、ブルーノと思しき人物が目撃されてるわ。必ず捜し出して捕まえて！』

放火魔が相手なら、私の能力がきっと役に立つ！

私はいつも以上に張り切って、キッドさんと一緒に現場に急行していた。

「ボクたちは消火活動に専念しよう。絶対に、ボクから離れないで」

走りながらキッドさんが強い口調で言う。

「でも犯人捕まえなきゃ」

「いいから！　絶対にボクから離れちゃダメ」

――「絶対に」なんて……どうしてそんなに強く、犯人から遠ざけようとするんだろう？

今回は私の放水能力が見せ場になるのに……。

私が活躍できないように……邪魔してる？

ママの言葉が頭に浮かんでくる。

ううん、キッドさんがそんなことするわけない……キッドさんは、私が前に失敗したから心配して慎重になってるだけ。

頭の中によぎる疑問を無理に振り払い、私は頷いた。心の中のモヤモヤは消えないまま……。

「……はい」

だけど、今は、目の前の炎を消すことが先。

そう思ってステッキに手をかざした――。

「こっちです！　急がず、落ち着いて！」

バーナビー・ブルックスＪｒ．とワイルドタイガーは住民たちの避難を誘導（ゆうどう）していた。

――密集した住宅街に放火をするなんて……。

バーナビーは信じがたい想いで誘導を続けていた。

犯人のブルーノは放火の前科があり、どうやら常習犯のようだ。

一度放火すると、何故（なぜ）か達成感を覚える輩（やから）がいるらしい――。恐（おそ）ろしいことだ、とバーナビーは暗澹（あんたん）たる気持ちになる。

ボンッ！

と新たな爆発が起こる。同時多発的に火災を発生させているようだ。

火の手が上がったビルには、スカイハイとファイヤーエンブレムが向かっている。

ブルーローズとゴールデンライアンもそれに続いていく。

「っだ！　キリがねぇ！」

ワイルドタイガーが呻（うめ）くように言い、バーナビーも同意した。

「まだ犯人が放火しているようですね」

――スカイハイさんたちがすでに火災現場に回ってくれているならば、できることは――犯人の確保だ。

バーナビーは次の行動を頭に描いていた。

行き来するスカイハイさんたちや、ブルーローズさんたちの動きを目で追っていた。

あちこちで火が燃えている。やっぱり、犯人を捕まえなきゃ。

「キャット、あっちの火を消しに行こう」

キッドさんがやってきて、燃えている隣のビルの方向を指し、再び去っていく。私は――キッドさんの後を追わずに、反対方向へ走り出した。

犯人はきっと、この近くにいる――。

私なら、犯人が向かって来ても、火を止められる。ちゃんと実力を発揮して、よくやったね、ってママに喜んでもらいたかった。そして、私が頼りになることをキッドさんに認めてもらうんだ！

息をひそめて入り込んだ裏路地に、写真で見た放火犯のブルーノがいた。右手と左手を組み合わせてフレームを作り、そこから燃えるビルを眺めてニタッと微笑んでいる。

「見つけた！」

ブルーノがゆっくり振り返る。

いざ犯人と一対一になると、緊張が体中に走った。でも、勇気を振り絞り、私なら大丈夫だ、とステッキを構える。

「悪者さんにはマジカルゥ……」

ブルーノは目を見開き、羽織っていたポンチョを脱ぐと、両手に銃のようなものを構える。銃のような形をした火炎放射器だ。

「てめぇか……この前はよくも俺の作品を！」

「！　動かないで！」

ブルーノは恐ろしい形相でこちらに向かって駆け出してくる。

「ぬあああああああああ！」

想像以上に犯人は怖くて、震える手でどうにかステッキを構えようとするけど、力が入らない。

怖い……怖い、怖い怖い怖い……！

「っ！　やあああああっ！」

すると、ステッキからは水滴が小さく落ちるだけだった。

私は信じられない思いで、次にどう動いたらいいのかもわからない。

「え、え……どうして、どうして!?」

気持ちが焦ってパニック状態だ。その間にもどんどんブルーノが迫ってくる。

「いあああああ！」

ブルーノは立ち止まると、手にした火炎放射器を私に向けて火を放った。

「いやぁっ！」

炎をかわして、ギリギリで横の路地に逃げ込んだ。同時に通りは炎に包まれる。

なんで……肝心な時に、能力が出ないの？

路地裏にしゃがみこみ、ブルーノから身を隠していると、ただただ逃げただけの自分が情けなくて泣きそうになった。そんなとき、ふいに誰かの手が肩に置かれた。

「ひっ！」

振り返るとそこにはキッドさんがいた。力づけてくれるように私の目を見つめる。

「大丈夫？　行くよ！」

キッドさんがかけてくれた声に気持ちを奮い立たせ、後を追って路地から出た。だけどそこには火を放つ場所を探すように歩き回っているブルーノがいた。

「キャット！」

キッドさんが身構え、叫ぶ。

咄嗟にステッキを構えるけれど……まだ手は震え続けている。もちろん水も出ない。

ブルーノが私たちに気付き、火炎を放射した。

キッドさんは私を突き飛ばし、ほんのわずかな差で私たちは炎から逃れた。そしてブルーノの目をかいくぐり、細い路地に入った。

ブルーノはゆっくり辺りを徘徊し、こちらの路地にも近付いてくる……かろうじて気付かずに通り過ぎて行った。

キッドさんと私は束の間、息をつく。

何もできなかった自分に、愕然とした。私、もっとできるはずだって、思ってた。それが、情けなくて、悔しくて……。

「大丈夫？」

キッドさんは優しい声で尋ねてくれる。ますます自分が情けなくなる。

「はい……」

だが、まだ手の震えは収まらない。止まって欲しいのに、自分の手が言うことを聞いてくれない。


「……ホントごめんね」

「そんな、キッドさんは何も……」

「ごめん、ボクが間違ってた」

「へ？」

キッドさんは、とても悲しそうな……申し訳なさそうな表情になる。

「今まで、ラーラのために色んなことやってきたけど……ボクが間違ってたかも」

私がキッドさんの言葉の意味を考えていると、重ねて言った。

「能力、使えないんでしょ？」

その言葉にハッとして顔を上げる。キッドさんの言葉にガツンと頭を殴られたような衝撃を受けた。

　そうだ！　私の能力は、大事な実戦のときにばかり、使えなくなってたんだ……。

　だから、キッドさんは……私が危なくならないように、守ってくれていた――。

「ビルの屋上のときも」

「……気づいていたんですか」

　キッドさんは頷く。

「バディを組んで、最初の頃に……トレーニングで見せる能力と、実戦で使う能力に差があるって気付いて……」

　私を気遣うように、キッドさんは言葉を続ける。

「キャットは、ブラックみたいに集中力系じゃなくて、不安とか緊張とか、そのときの感情が、能力に出ちゃうんだと思う」

「もしかして、今までキッドさんは全部わかってて……」

　キッドさんはまっすぐに私の目を見た。

「キャットはボクより年下なのに、ヒーローになって戦ってる。お母さんの期待も背負って……だから、これ以上追いつめたくなくて、黙ってたんだ。ボクの後ろについてもらって、少しずつ慣れていければって」

　自分のことでいっぱいで、キッドさんの真意を、全然わかってなかった。ごめんなさい、キッドさん。

「でも、かえって危ない目に遭わせちゃったね。本当にごめん」

私はこぼれそうになる涙をこらえる。謝るのは私のほうなのに、そう思いながら、温かい気持ちでいっぱいになった……。

「!?」

と、私たちの顔を炎の明かりが照らし出す。次の瞬間火柱が私たちの寸前まで迫り、すぐ近くに置かれていたゴミ箱を直撃した。

ゴミ箱が焼かれる直前に、キッドさんと私は間一髪で飛び上がって炎から逃れた。

「くそ、外したか」

路地の先にブルーノが立っている。私たちを狙っている、絶体絶命の状況だ……。

僕と虎徹さんは放火犯ブルーノを追って、ビルの上から行方を捜していた。と、路地の入り組んだ場所でキッドさんが背後のキャットさんをかばうように立ち、少し離れた場所でブルーノが火炎放射器に手をかけようとしているのが見えた。
「燃えろ！！！」
火炎放射器を構えるブルーノ。
今だ！

「はあああああ!!」

声を上げながら虎徹さんが、ビルの上から飛び降りる。僕はスマートに着地する。しかし、キッドさんたちへの攻撃は防げたが、ブルーノは僕たちに気付き後ろに飛びのいて避けられてしまった。

「大丈夫か！」

振り返る虎徹さんに、キッドさんが意外そうな表情で叫ぶ。

「タイガー！」

「『はぁああ』とか声出すから避けられるんですよ」

あそこでブルーノを捕まえられればベストだった。

「声出さなきゃ力入んねぇだろ」

するとブルーノは大きく炎を放出し、僕たちがそれを避けている間にすばやく闇の中に消えていく。

「あ、おい！」

後を追いかけようとする虎徹さんを呼び止める。

「待ってください！……　キッドさん、大丈夫ですか？」

それまで気丈に振る舞っていたキッドさんが、突然がくりと膝をつく。スーツの足部分が黒焦げになっており、ブルーノに応戦している最中に負傷したのだろうとわかった。

それを見たキャットさんが驚きの表情を浮かべる。キッドさんは怪我を隠し続けていたのだろう。

「大丈夫……ぐっ」

キッドさんは立ち上がろうとするものの、足に力が入らないようだ。

「無理しないでください」

キャットさんをかばいながらここまで来たのだろうか……彼女も退院してそれほど時間が経(た)っていない。不安定な状態だったはずだ。

と、虎徹さんがこちらに向かってくる火炎放射に気付いた。

「避けろ！！！」

虎徹さんがキッドさんを、僕がキャットさんを抱きかかえながら炎を避けて飛びのく。

僕たちは身を潜(ひそ)めながら、犯人確保の糸口を探していた。

「明らかにこちらを狙ってますね」

ブルーノはどこに隠れているのか、この暗闇(くらやみ)の中では所在すら確かめられない。

「迂闊(うかつ)に動けねぇな。キャット！　炎がきたら、お前の能力で消せるか？」

虎徹さんの言葉に、動揺の表情を浮かべるキャットさん。

「え……」

虎徹さんは少し考えるような間を置いた後、僕を見る。

「じゃあバーナビー」

「はい」

「俺は二人を守る。お前は先回りして、犯人を捕まえろ」

「「「ん？」」」

来た。無茶ぶりの予感だ。キッドさんとキャットさんもキョトンとする中、虎徹さんは自信たっぷりに言う。

「大丈夫だ。このスーツなら、炎にもある程度耐えられる」

確かにこのスーツの性能なら、そこは心配ないだろう。だが――。

「いえ、先回りって、どうやって？」

虎徹さんは、はた、と動きを止め、それから手で適当なジェスチャーをしつつ語る。

「それはこう……能力で、シュバシュバッと」

ノープランなのだな。途中から気付きつつ、確認の意味を込めて尋ねる。

「相手はどこにいるかわからないんですよ？」

「ああ、だから俺には無理だ。だがお前ならできる！」

虎徹さんは自信満々に僕を指さす。その自信はどこから来るのか……。それも「お前ならできる！」と言い切る自信。

だが、虎徹さんはしんみりと言った。

「俺はお前を信じてるからな」

「……まったく」

そう言われたら、期待に応えるしかないじゃないですか。虎徹さんの信頼に足るように。この状況でベストを尽くせるように。

そして、僕だからできたんですよ、なんて全部解決した後に虎徹さんに言わなければいけない。ああ……こんなふうに自然にやる気にさせられてしまうのは、虎徹さんだからだな。

僕が動こうとすると、キッドさんが口を開いた。

「ねぇ。あいつの炎が来たら、二人で盾になってもらえないかな？」

痛みを押して立ち上がろうとするキッドさんを支えながら、虎徹さんが答える。

「ん、そりゃいいけど」

「その間に……」

自分がブルーノを倒すということか？

「そんな怪我じゃ無理ですよ！」

キッドさんは顔を上げ、静かに言う。

「ボクじゃない。キャットが火を消す」

キャットさんは驚きで顔を上げる。キッドさんはキャットさんの目をまっすぐに見つめた。

「キャットなら絶対できるよ。ボクたちが、守るから」

そうか。そういうことなら、僕と虎徹さんが、全力でブルーノを食い止める——。

決意を固めた僕たちに、ブルーノの笑い声が聞こえて来た。

「俺の作品になれ！」

高らかに笑いながらブルーノは僕たちに向け火を放った。僕と虎徹さんは猛然とその炎の前に立ちはだかる。

「おおおお！！！」

耐久性があると言っても、限りがある。僕もキャットさんを信じていた。虎徹さんだって、きっと同じだ。

タイガーさんとバーナビーさんが盾になって炎を受け止めてくれている。何としても私の水で消し止めなきゃ。

ステッキを持つ手はまだ震えている。でも――。

「……止まって」

そのとき、泣きそうな私の震える手に、キッドさんがそっと自分の手を重ねてくれた。

「！」

キッドさんは強いけれど優しいまなざしで私を見つめ、深く頷いた。

「大丈夫」

その言葉に、怖さに搦めとられていた私の気持ちが解き放たれる。

――うん、大丈夫……私なら、できる！

私の気持ちが強く研ぎ澄まされていく。そして、決意を固めてブルーノへ一歩、足を進めた。

ステッキをかざす私の手は、もう震えてはいなかった。

「やああああああ！！！！」

ステッキを力いっぱい構えると、すごい勢いで水が噴射される。

タイガーさんとバーナビーさんが咄嗟に飛び退き、水と炎が激突したかと思うと水が炎を呑み込み、すさまじい水流がブルーノを直撃する！

水流はブルーノを路地から吹き飛ばすほどの勢いで、壁に叩きつけた。そして、ブルーノは床に突っ伏した状態で気絶してしまった。

タイガーさんとバーナビーさんが駆け寄ってきてくれる。キッドさんは私の隣でしっかりと一部始終を見届けてくれていた。

「……やった」

私は思わずつぶやいた。まだ自分の力で犯人を倒した実感が湧かなかったけど……確かに、私は力を発揮できた。キッドさんが後押しをしてくれたおかげで――。

護送車がブルーノを乗せて走り去っていく。それを見送ったドラゴンキッドとキャットは歩道に背中合わせで座っていた。
「最初からもっと頼ればよかった。それで自信を奪っちゃってたんだね」

ドラゴンキッドは、申し訳なさそうに言う。それを聞いたキャットは首を横に振った。

「これから、もっと頼ってもいいかな」

少し微笑みながら尋ねるドラゴンキッドに、キャットの笑顔も大きくなる。

「っ！　はい！　ラーラもキッドさんのこともっと頼っていいですか？」

そう尋ね返したキャットの顔には安堵の笑みが浮かんでいる。

「もちろん！」

キッドも嬉しそうに、そして満足そうに頷いた。

「おい、来たぞ救急車」

キッドさんを手当てしてもらうための救急車が到着して、僕と虎徹さんは二人に声をかける。ブルーローズさん、ファイヤーエンブレムさんも反対方向から合流した。

キッドさんはじっと虎徹さんを見つめた。

「タイガーって理想の先輩なのかも」

オープンにしたマスクから虎徹さんの驚いた表情が見えたが、すぐに照れ笑いに変わる。

「え!?　おう、そうか？」

「自分にできないことは、後輩でも遠慮せずに頼る」

淡々とキッドさんは言った。

「ん？」

「もっとダメでいいんだって、タイガー見てたら楽になったよ」

予想とは違っただろう評価にちょっとムッとする虎徹さん。

「それ褒(ほ)めてるか？」

——なかなかできるようで、できないことだと思いますよ。

「できない」と認めることも、人に言うことも、勇気のいることですから——。

内心ではそう思ったが、口には出さなかった。

「フッ」

思わず微笑むと、ブルーローズさんとファイヤーエンブレムさんも、キッドさんも、当人である虎徹さんも——皆が笑っていた。

一歩遅(おく)れてキャットさんにも笑顔が戻っている。

僕は、理想の先輩とバディを組んでいるようだ。大らかに笑っている虎徹さんを見て、思った。僕は多くのものを失ったが、得るものもまた大きかったのだと——。


ララは足取りも軽く帰路を急いでいた。

――キッドさんと、やっと本音を話せるようになった気がする。

今日の報告をするべく、弾んだ気持ちでリビングのドアを開ける。

――ママだってきっと、話せばわかってくれるはずだ。

「ママただいま」

ラーラが声をかけると、ザミラは振り返らずに、暗い部屋でＨＥＲＯ ＴＶを見ていた。ラーラは、ザミラに歩み寄った。

「ねぇママ。キッドさんは……ママが言ってるような人じゃないんじゃないかな？」

ザミラはテレビを熱心に見つめていて、ラーラの方を見ようともしない。ザミラの視線は、テレビの中のラーラがどう動いているかを必死に追っていた。

「ラーラ。一度いい顔されたからって油断しちゃダメ」

「でも」

ラーラは少しずつ、温かかった心の中が冷えていくのを感じた。

「ママを信じて……ね？」

ザミラはやっとラーラを見つめる。ホッとすると同時にラーラは思案した。

――どうしたら、ママは喜んでくれるんだろう……。

「……わかったよママ」

僕たちは今日の仕事――大切な大切な仕事だ――を終えて戻って来た。

「ブラーエおじちゃんただいま」

相棒のフガンと手をつなぎ、砂漠のような外の景色を眺めているおじちゃんに声をかける。

おじちゃんはゆっくりと振り返った。

「お帰り」

いつもと同じ、優しい笑みを浮かべている。この笑顔を見ると、僕は「帰ってきた」安心感に包まれる。

「今日は四人やっつけたよ」

フガンがおじちゃんに先に報告する。きっと話したくてたまらないのだ。

おじちゃんは微笑み、「そう」と答える。

「これで二十四人だから三十六人までは……」

僕もフガンも一斉に両手の指を折って数え始める。

「えーと……」

考えていると、おじちゃんが先に教えてくれた。

「十二」

「「！　十二！」」

僕とフガンも声を合わせて答える。おじちゃんは何でもすぐにわかっちゃうからすごい。

「じゃあ次は、シュテルンビルトという都市に行ってみようか？」

おじちゃんが提案してくれる。シュテルンビルト……おじちゃんが言うのだから、いいところなんだろうか。

「え？　なんで？」

「あそこには、ヒーローがちょうど十二人いるんだ」

そういうこと！　いっぺんに十二人をやっつけちゃえばいいんだ。やっぱりおじちゃんは、いつだって正しい。

僕もフガンも笑顔になり、まっすぐにおじちゃんを見つめた。

「……いいねぇ！」

シュテルンビルト。十二人のヒーロー。楽しいことが起きそうだ――。

小説 TIGER & BUNNY 2

パート1

≫ 第7話

# Out of the mouths of babes oft times come gems.

（赤子の口から宝石）

アポロンメディアのヒーローオフィス。

虎徹は自席で報告書の作成を、先に仕事を終えていたバーナビーは本を読んでいた。虎徹が両手を上げて大きな伸びをする。

「ん～っ……さてと……溜まってた報告書も書き終えたし、さっさと帰るか」

「え？」

バーナビーは虎徹の様子を窺いつつ、一瞬考えを巡らせる。

――ここで、自然に切り出すべきだろうか……。

「ん？　なんか残ってたか？」

虎徹は仕事の件だと勘違いしたのか、バーナビーに尋ねる。

「あ、いや……延ばし延ばしになっていたので、一杯どうかなと思っていたんですが……」

バーナビーが自分から誘ったのはこれで二度目だった。誘おうと思いながらなかなかタイミングが合わず、今日まで来てしまったのだ。

すると虎徹は、ぱっと顔を輝かせる。

「そういうことは早く言えよ。で、どこだ？　どこ行く？　ん？」

その前向きな反応にバーナビーは嬉しくなりながらも、平然とした態度でメガネを直した。

「……実は、目を付けていた店がありまして」

バーナビーは前から行ってみたいと思っていたスシバーを提案するつもりだった。スシ、ならば脂質を抑えて高タンパク。その上満足感もあるし……店にはお酒の種類も豊富そうだったので、まずまず気に入ってくれるだろう、との思惑である。

「よしっ！　そこ行こそこ！　今日は俺がババ～ッとおごっちゃ……」

まだバーナビーがどこの店とも切り出さないうちから虎徹は張り切って懐から財布を取り出そうとするが、上着の内側で手を上下させながら落ち着きなくまばたきをした。

「ん？」

ブロンズステージにある虎徹のアパート付近。

店に行くなら誘った自分が出す、とバーナビーは申し出たが、虎徹は逆に誘ってくれたバニーに出させるわけにはいかない、と譲らず……一緒に家までやってくることになったのだった。

「この時間まで、財布忘れたことに気付かないって……」

思わず呆れた声が出てしまうバーナビーだった。

「仕方ねぇだろ。今日はずっと会社だったし、昼メシはバニーのパニーニを……」

確かにバーナビーは昼食のパニーニを虎徹に盗み食いされていた。バーナビーにとっては軽い受難の日である。

話しながらアパートに到着し、虎徹が照明をつけて二人で中に入って行くと、ロフトから物音がした。

「!?」

侵入者か？　泥棒……。バーナビーは身構えた。

虎徹と無言のうちに状況を把握し、二人でそっとロフトに向かって近付く。

ロフトへ続く階段の下まで虎徹とバーナビーはそっと歩み寄り、虎徹が先に階段を上っていく。

もしも強盗のような奴が飛び出してきたら――想像しながらバーナビーは姿勢を低くして構える。と、ロフトから見覚えのある女の子が、バーナビーたちに視線を向けた。

「なっ⁉　楓⁉……」

虎徹が驚きの声を上げる。

虎徹の娘、楓は照れ笑いを浮かべ、友達らしき女の子と二人で立ち上がる。

「えへへ……お……おジャマしてま～す」

――なるほど楓ちゃんだったのか。

バーナビーは強盗のたぐいでなかったことに安堵した。


その後、ロフトから下りてきた楓とその友達――サロジャという名前の楓の同級生だ――とともにリビングに戻り、バーナビーは楓が差し出した色紙にサインをした。

「はい」

バーナビーが手渡すと、楓は嬉しそうにサインを抱えた。

「ありがとう、バーナビー」

テーブルの周りを片付けながら、虎徹が呆れたように言う。

「何回もらえば気が済むんだよ……」

「何回もらっても嬉しいの！」

楓は虎徹を睨む。楓がファンだと言い続けてくれることはバーナビーにとってありがたいことだったが、虎徹にはそれが少し面白くないようだ。

「あの……これ……」

楓の友達であるサロジャも遠慮がちにバーナビーに色紙を差し出した。

虎徹は不満そうに口をとがらせる。

「もう、サロジャちゃんまで……」

受け取った流れでバーナビーがサインをしようとするとサロジャが慌てて言った。

「ＨＩＴにサインもらってもらえませんか」

「ひ？」

バーナビーにとって、初めて聞く言葉で思わず聞き返した。するとサロジャは嬉しそうに身を乗り出す。

「ヒーイズトーマス！　略してＨＩＴ！　私たちヒッターはそう呼ぶんです！」

――ヒット、ヒッター……そういうことか……。

バーナビーは納得し、トーマスの活躍と人気に感心した。

「ヒッターっていうのは彼のファンのことで……」

「……わかりました。頼んでみます」

バーナビーはやや複雑な気分にもなったが、快く引き受けて微笑む。

サロジャは、張り切って続ける。

「ＨＩＴに伝えてください！　学校の女子はほぼほぼヒッターだって！」

——ほぼほぼ……。楓ちゃんたちくらいの女の子には、トーマスが人気なのか。

思いがけずバーナビーは少し傷ついた感覚に陥る。そんな自分たちのやり取りを、洗い物をしている虎徹さんはニヤニヤしながら聞いているかもしれない、と想像する。

「私は生涯バーナビー一筋だから！」

楓の励ましに、わかりやすく傷ついた顔をしていたのだろうかとバーナビーは反省した。

「……ありがとう」

少しモヤモヤしたやりきれない想いのバーナビーの一方で、虎徹が洗い物の手を止め、楓に呼びかける。

「で？　どうしたんだ急に」

楓とサロジャは顔を見合わせ、それから決心したように虎徹を見た。


「『仕事とやりがい』？」

虎徹は座り直し、楓たちに聞き返した。バーナビーも同席し、話を聞いている。

「そう、保護者や、周りの大人に話を聞いて、作文にまとめるの……」

楓は学校で作文の課題として、そのテーマが出たことを説明した。隣でサロジャも頷く。

「なるほど……そういう訳か。けど、俺の仕事のこと書いたら、楓がヒーローの娘だってわかって……」

心配する虎徹の言葉をサロジャが遮る。

「いやいやバレてますから！　地元じゃ、みんな知ってるんで」

虎徹は心から驚いた顔で聞き返した。

「そうなの？　まぁ、あんだけ顔出ちまったらな……」

楓は、マグカップを手にして何気ない口調で言う。

「それに……やっぱり、お父さんの仕事が一番カッコいいから」

「えっ!?」

――今、サラリと大切なことを言ったな……。

バーナビーがそう思うと同時に、虎徹がバッと姿勢を正す。頬を赤らめ、わかりやすく目を輝かせていた。

「だから、お父さんの会社の見学に……」

「楓！　今なんて!?」

ちゃんと聞こえているだろうに、よほど嬉しかったんだろうとバーナビーは察して口を挟まなかった。

――虎徹さんは欲しがりだから。

そんな微笑ましい想いで話を聞く。

「？　……お父さんの……会社の見学に……」

楓は思い返しながら、ぽつぽつと話す。

「いやいや、その前！」

じれる虎徹に、バーナビーは見かねて、わざと口を出す。

「お父さんの仕事が、一番カッコいいの部分かと」

「お前が言ってどうすんだよ！」

楓ちゃんの口から聞きたかったんだ！　という想いが丸わかりで、バーナビーは心の中で笑ってしまう。

「フッ」

クールにバーナビーがメガネを直していると、フォローするようにサロジャが話し出す。

「話してたんだよね？　楓のパパの仕事が、クラスで一番カッコいいって」

「うん！」

楓も素直に頷く。虎徹がハッと再び元気を取り戻した。

「おい、今の聞いたか？」

虎徹が俄然張り切った顔でバーナビーを見る。バーナビーとしても、楓にいいところを見せたい気持ちはよくわかるのだが、企業の事情が頭をかすめた。

「水を差すようですが、見学は会社が許可しないと、難しいかと」

「あ……。だな。明日、ロイズさんにお願いしてみるけど」

目に見えて虎徹は落ち込んでしまい、バーナビーは気の毒に思いつつも、致し方ないとも思っていた。

企業はファンを大事にしている。だがその一方で、一般には公開していない機密事項もたくさんあり、オフィスに部外者を入れることは難しいだろう、とバーナビーは推測していた。

——それでも何か、せっかく来てくれた楓ちゃんたちの役に立てないだろうか……。

バーナビーが考えを巡らせていると、楓とサロジャが虎徹を見て微笑んだ。

「ダメならいいの。急に来たのは私たちだし。ね？」

楓がそう言うと、サロジャも笑顔で頷く。

「うん。私的には二人に会えただけでハッピーっていうか」

健気な二人を見ていた虎徹が勢いよく立ち上がった。

「おっしゃ！　そんな風に言われちゃ、パパもう頑張っちゃう！」

「では、僕は失礼します」

楓と虎徹の姿をバーナビーは微笑ましく思った。温かな家庭の雰囲気に、少しだけ子どもの頃を思い出した。

バーナビーは、にっこり微笑むと立ち上がって歩き出す。

「へ？　……おい、待てよ」

慌てて虎徹がバーナビーを追いかける。

「せっかく楓ちゃんがいるんです。今日はゆっくり過ごしたほうが」

「いや、けど……」

申し訳なさそうな虎徹を気遣わせないよう、バーナビーは重ねて言う。

「僕とは、いつでも飲みに行けますから」

――そう。またいつでも仕切り直せばいいんだ。お店だって、いろいろ調べて何店かストックしてある。

バーナビーは胸の中で独りごちた。

虎徹は少し思案した後、右手を顔の前に出して詫びるポーズで、楓たちに聞こえないよう、小声で囁く。

「……悪い、この埋め合わせはどっかで」

微笑んでバーナビーは頷いた。

笑い声の響く虎徹の家を後にしながら、明かりを背にして歩いていたバーナビーは、ふいに思い出してポケットからスマートフォンを取り出した。

ビデオカメラを起動する音がして、映像が録画されていく。
カメラに向かい合っているのは、研究室にいるマッティアだった。マッティアは少し下がっ

てフレームの中に収まると、話し始めた。

「研究Ｎｏ．５８７……。投薬開始から二百十五日目。脳波、血流、状況変化なし。神経伝達物質と、レセプターの測定値は……」

カメラに向かって研究報告を続けるマッティアは、スマホの着信音を耳にして振り返った。着信画面には、バーナビーのアイコンが映っている。マッティアは録画をやめて電話に出た。

「もしもし、バーナビー？　うん。えっ？　これから？　……もちろん。そうだな、今から三十分後くらいには行けるとは思うけど……。うん、じゃあまた」

マッティアがホッとして電話を切ると同時に、「死にたい」と背後からか細い声が聞こえた。

「ぬぅわっ！　所長!!」

マッティアは不意を衝かれて叫ぶ。彼の背後には、アプトン研究所の所長、ランドルが疲弊した顔で立っていた。

「新薬研究も、スポンサーが撤退を匂わせ始め、研究所存続も難しい……せっかくＮＥＸＴ能力が芽生えたのに、こんなのだし……」

ランドル所長は能力を発動する。すると目と体が青く光り、両手の爪が長く伸び始める。彼はすぐにまた能力で爪を元通りの長さに戻す。

マッティアはランドル所長の能力を言葉もなく見つめていた。

「一方、部下はイケメンでデートの約束をして浮かれて……つらい、しんどい……」

すっかり不貞腐れているようなランドル所長にマッティアは慌てて弁明する。

「いや、デートとかじゃなくて」

すると一転、ランドル所長はそれまでの発言を弱気な姿勢で撤回した。

「あ、ウソごめん。今のパワハラじゃないから、訴えないで！」

ランドル所長は、何かを発言しては慌ててフォローする節があった。マッティアはため息をつく。

「う、訴えませんよ！」

マッティアにも劣らぬ大きなため息をつくと、ランドル所長は背を向けた。

「まぁ、気分転換は大事だよね。その分期待しているからね。頼むよ、本当に」

その言葉に圧を感じたマッティアは重々しい気持ちで返答した。

「はい……」

バニーには悪いことをしちまった。楓もバニーにもう少し居て欲しかったみたいだが、気を遣って帰ってしまった後は、リラックスしてさらに賑やかに話し始めた。
バニーの前で、少し大人っぽく振る舞っていたのかもしれないな。
やがて、楓とサロジャちゃんがＨＥＲＯ ＴＶの録画を見始めると、俺は母ちゃんに電話をした。

楓たちが来るなら、もっとそれなりにバーンとした準備をしておいたのに。

『だから、連絡いってると思ったんだって』

母ちゃんは、さほど申し訳なさそうに言った。電話の向こうは騒がしく、小さな子どもたちの声が聞こえてくる。

『こっちもバタバタしてんのよ』

だろうなぁ。

「こら、カゼひくぞ。こっちおいで」

やんちゃな子どもたちを追いかけまわしてるっぽい兄貴の声が聞こえて来た。

「兄貴は？　ちゃんとパパやれてんの？」

母ちゃんはちょっと怒ったように言う。

『当然だろ？　アンタの代わりに私と楓の世話してきたのは、誰だと思ってんだい？』

そうでした……俺は、母ちゃんにも兄貴にも頭が上がらない。

「けど、一気に二児、いや三児の子持ちになるわけだろ？」

兄貴の村正は、めでたいことに結婚した。それも奥さんと二人の幼い可愛い子どもたちと、そして今、奥さんのお腹にはあと数ヶ月で生まれてくる新しい命まで。めでたいことは一度にやってくるもんだな。

でも、母ちゃんはため息をつく。

『アンタが今、気にすべきは楓だよ——』

「えっ？」

さすがに母ちゃんは、一番鋭いところを突いてくるな。

『最近、あの子を構ってあげられてないからね。たっぷり甘えさせてあげておくれ』

「ん……」

急に家族が増えて賑やかにはなったが、楓も遠慮したり、寂しい思いをしたりしているのかもしれない。礼を言って電話を切ると、俺は楓たちのもとに戻る。

「お待たせ～！　二人ともハラ減ったろ！」

楓とサロジャちゃんは、待ってましたとばかりに叫ぶ。

「「減った！」」

「よ～し待ってろ！　俺が今、チャーハンを……いや、せっかくこっちに来たんだし、若い子向けのシャレた店でも……」

って俺、「若い子向けのシャレた店」なんか知ってたっけ!?　いや、バニーに相談……ブルーローズのほうが女の子の好みに詳しいか！

俺がごちゃごちゃ考えていると、楓が身を乗り出す。

「ううん、チャーハンがいい」

「えっ？……」

サロジャちゃんも「楓がおいしいって言ってたやつだ」と嬉しそうにしてくれる。

やばい、感激して泣いちまいそうだ……。

「あ、でもお父さん疲れてるなら……」

楓が気を遣ってくれる。こんな、気遣いまでできるようになるなんて……ここは頑張らずにいられるか！

「大丈夫！　パパすっげぇうまいチャーハン作っちゃう！」

二人が歓声を上げる。よーし、今晩は中華鍋を振るっちゃうぞ！

楓もサロジャちゃんも食べ盛りだろうからな。

俺は再びキッチンに取って返し、卵を割り始めた。熱した油の香りが立ち込めると自然に顔がにやけてくる。

うん、我ながらパラッパラの仕上がりだ！

……何せ、しょっちゅう作ってるからなぁ。手際も味も上達しちまうってもんだ。

できたぞー！　と鍋ごと二人のところへ運ぶと、さらに大きな歓声が上がった。

一人で食べるよりも、三人で食べる方が何倍もうまい。二人が喜んで食べてくれる姿もめちゃくちゃ嬉しい。

いっぱい食べて、せっかくだから、この街を楽しんでいってくれよ。

バーナビーは虎徹を誘うつもりでいたスシバーにマッティアを誘った。

彼に電話するとまだ研究室にいたようだが、三十分ほどで仕事を終えて都合をつけてきてくれたのだった。

「……じゃあ、タイガーは娘さんと？」

「うん。仕事のこと褒められて、すごく喜んでたよ」

マッティアは感心したように頷く。

「ふうん……いいな、それ……」

「え？」

「あ、いや。タイガーってテレビで見たままの人っぽいね」

バーナビーはこんな風に同僚の話を聞いてもらえる相手ができたことが改めて嬉しかった。だが、話題はつい虎徹のことになっていることをバーナビーは自覚していない。

——今頃は楓ちゃんたちと、賑やかな夕食を食べているだろうか？

自分も食事をしながら、ふとまた虎徹のことを考える。

「今度、紹介するよ。テレビの二倍暑苦しい人だけど……」

暑苦しい、と言いながら、バーナビーの口調は楽しげである。

——マッティアも、大人の対応というか……虎徹さんを温かい目で見てくれそうだし、近々紹介しよう。

バーナビーは密かに二人を引き合わせる想像をした。

「楽しみにしてるよ——……うっ！」

そう言って、笑ったマッティアは胸を押さえたかと思うと、席を立った。

「ちょっと、ごめん……」

マッティアは急ぎ足でトイレに向かっていった。

「？　……ああ」

バーナビーが席で待つ間、マッティアはトイレにうずくまり、苦しそうな咳を繰り返していた。

翌日。

ジャスティスタワー内のトレーニングセンター。

昨夜、僕とマッティアは話も弾み、楽しい時間を過ごすことができた。

だが、虎徹さんは、可哀想なほど肩を落としている。

「ハァ～……ロイズさんめ……俺の一生のお願いを……」

「即、断られてましたね」

ロイズさんに見学を頼んだ虎徹さんの「一生のお願い」はあまりにも軽い感じで一蹴されてしまった。即答すぎて、見ていて気の毒になった。

ため息をつく虎徹さんに、ブルーローズさんも見かねてフォローをする。

「まぁ、会社に来なくたって、仕事の話はできるでしょ？」

虎徹さんは、だがまだ肩を落としたままだ。

「いや、聞くのと実際に見るのとじゃな……」

ライアンさんがまどろっこしいとばかりにアドバイスをくれる。

「て言うか、許可取るから断られんだろ？　こっそり連れて来ちまえばいいのに」

それは後々問題になる。僕は思わず口を挟んだ。

「……セキュリティ上、簡単に会社には入れないですよ」

「相変わらず堅いな、ジュニア君は……」

ライアンさんにはいつも「堅い」と言われてしまう。いやいや、厄介事を回避しているだけで、当然の判断だろう。

「こんな日に限って俺だけ今から仕事だし」

虎徹さんはついてない、と言わんばかりに深いため息をつく。

ブルーローズさんが身を乗り出す。

「え、タイガーピンで？　珍しい～！」

「悪かったな珍しくて！　けどまあ、楓もずいぶん大人になったよ」

虎徹さんは半ば怒りながらも、話すにつれてしみじみとする。

「さっき電話して、見学させてあげられなくってゴメンって謝ったんだけど……」

回想しながら、嬉しそうに虎徹さんは言葉を続ける。

「『……急に来たのは私たちだから気にしないで。今日はサロジャと買い物してるから』って」

楓ちゃんの口調を真似て、嬉しくて仕方ない様子で虎徹さんは言う。

「『パパはお仕事頑張って』って」

デレデレな様子でそう続ける虎徹さんを、少し気になるところがあるような雰囲気で見ているブルーローズさん。バイソンさんも感慨深そうだ。

「楓ちゃんがそんなこと言うようになったとはな」

ライアンさんはバイソンさんの言葉に反応する。

「え、ロッキーも会ったことあったっけ？」

「あるわ！　それどころか、俺らは一回、楓ちゃんの能力に助けられてるからな」

バイソンさんがムキになると、ライアンさんはそれに反応する。

「ちょい待ち、あの子ＮＥＸＴなの？」

興奮している様子のライアンさんに、僕は補足説明する。

「ＮＥＸＴに触れると、その能力をコピーできるんです」

「マジか!?　最強ガールじゃんかよ！」

目を伏せて、虎徹さんはつぶやく。

「いや、そうでもねぇぞ。ちょっと触れただけで、勝手に能力コピーしちまうし……かと言って、一回触った相手の能力は再コピーできねぇしな……」

そうだ。楓ちゃんの能力は一見、万能のように思えるが、なかなか意図的に使うタイミングが難しいのではないかと思う。

バイソンさんが思い出したように言う。

「そうそう！　前も肝心なときにスカイハイが触って上書きしちまってな」

予期せぬタイミングで相手に触れられたら、それで終わり。楓ちゃんはきっと、僕にはわからない大変さを抱えながら過ごしているのだろう。

ライアンさんは、聞き終えるとニヤッと笑みを浮かべる。

「ふ～ん。最後の質問。楓ちゃんって、カレシは」

「やめろっ！」

聞きたくない、認めない……そんな調子で全力で遮る虎徹さんを、ライアンさんは笑って見ている。彼はいつも、ライトな切り口がブレない人だ……。

「冗談冗談……」

フォローするライアンさんに、虎徹さんは再び現実を思い出したらしく、しょんぼりする。

「ん～……せっかくだし、なんかアイツらに職場見学的なヤツ、やらせてやれねぇかな……」

しょげている虎徹さんをじっと見つめながら、僕はある一つの可能性を思いついた。

カリーナとライアンは食堂のテーブルで向かい合い、サンドイッチを食べていた。食べ進め

るライアンに対し、カリーナは手をつけず、思案顔でうつむいている。

「食わねぇのか？」

「え？」

彼女の様子を見とがめたライアンが声をかけると、カリーナはハッと我に返ったように顔を上げた。

「何考えてる？」

「別に」

ライアンは自分の顔を摑んでおどけた言い方をする。

「タイガーの話聞いてるとき、こ～んな顔してたぞ」

カリーナはライアンから視線を逸らす。

「そんな顔してないし……」

ライアンに言い返した後、カリーナはぽつぽつと考えを口にした。

「けど楓ちゃん、いつも遊びに来るときには連絡してくれるのに、今回は連絡なくて……それにさっきの話の楓ちゃん、いい子過ぎるっていうか……」

考えながら話すカリーナに、ライアンは切り出した。

「ガキの頃、俺が素直に親の言うことを聞くときは二つの理由だけだった」

「え？」

カリーナが大きくまばたきをする。ライアンは口の端を曲げて微笑む。

「一つ、話を切り上げてガールフレンドとのデートに遅れないようにするため。二つ、悪巧みを悟られないため……」

ライアンの口調は確信に満ちており、カリーナもそれに聞き入った。

「バカーンッ！」

俺のパンチがビルに炸裂する。

「ワイルドに吠えるぜぇー！」

おっと、けどこれは本物じゃないミニチュアのビルだ。

裁判所の一角にミニチュアのビルが作られ、俺の目の前にはちょっとポカーンとした顔の子どもたちが並んで座って見守っている。

俺はついでに、隣に立っているユーリ・ペトロフ管理官を救助する。

「人質確保！」

子どもたちはまたキョトンとしている。俺、スベッてないよな……まぁ、笑うところでもないか。でも、こう……わぁ、とか、すごい！　とかリアクションをもらえるとありがたいんだけどなぁ。

俺がピンで頼まれた仕事（珍しくて悪かったな）は、ペトロフ管理官と一緒に子どもたちに法律を教える、とっても大事な仕事だ。

　管理官は俺の手を払って、淡々と説明する。

「このように、人命救助に必要ならば破壊したビルへの賠償金は発生しません……ですが」

「ん、このビルがジャマだな……。ドカ～ンッ！」

　俺はすかさず、隣のビルにもパンチをくらわせる。言っとくけど、これ、悪いお手本だからな。

「過剰な破壊行為は、賠償命令を受けます。ちびっこ法律教室。続いては質問コーナーです。質問がある方は挙手を」

　いたってドライに管理官が補足すると、さっそく男の子がスマホを俺に向ける。

「虎徹、こっち向いて！」

「……ワイルド、タイガーな」

　おいおい、いつから俺は「虎徹」で定着したんだ？　と思うも、フレームに入るよう、しゃがむと左と右から子どもたちがわらわら集まる。

「これ動画？」

「虎徹、何かしゃべって！」

　だからワイルドタイガーだって……と思いながら、俺は無茶ぶりに何とか対応した。

「ワ、ワイルドに吠えるぜ！」

　管理官は口調も顔つきも普段のまま、俺たちのやり取りを見ている。

「法律に関する質問は？」

決して子ども相手の対応をしないあたり、ブレない人だ。

すると、男の子が元気に手を挙げる。

「どうぞ」

「誰かを守るために人を殺したら、刑務所に入るんですかぁ？」

おお、なかなか鋭い質問だな。だが回答者である管理官はクールに答える。

「正当防衛が認められれば、罪には問われません」

「んじゃ、ルナティックは？」

珍しく管理官が、はたと動きを止める。その間に子どもたちが意見を言い合う。

「殺人犯を殺すって、俺らをある意味守ってるんじゃね？」

「それ言えてる！」

態勢を立て直し、管理官がマイクを握り締める。

「シュテルンビルトの……法律では……」

「守ってるわけねぇだろ！　人殺しにある意味もクソもあるか！　あいつは俺が捕まえる！

以上！」

思わず管理官が何か答えてたのに遮っちまった。罪についてこんなに小さいうちから考えてるのは偉い！　けど、ルナティックは別だ。

するとさっきから活発な男の子がすかさず、ツッコんでくる。

「んだよ。ジャスティスデーのときもルナティックに逃（に）げられたくせにっ！」

「なっ⁉」

痛いとこ突いてくるな！

「あれからルナティック現れなくてつまんねぇよな〜」

「うんうん」

その場にいた子たち、みんなが頷く。

「つまんねぇって、お前らなぁっ！　ちょっとそこ並べ！　いいか、シュテルンビルトのことわざにもあるようにだ！」

俺はカーッと体が熱くなってくる。そうだ、やっぱこれは子どもたちに学んでもらう大事な仕事、未来につながる仕事だ。よーく心して聞けよ！

俺が熱く語ろうとしたそのとき、管理官が俺を無視して司会を進めた。

「他にご質問は？」

ああ、はい。次の質問ね……。俺は、すごすごと立ち位置に移動した。

虎徹さんのアパートの玄関（げんかん）から、嬉しそうな様子の楓ちゃんとサロジャちゃんが現れた。おしゃべりをしながら階段を下りてくる。

何も連絡しなかったのだが、大丈夫だっただろうか……彼女たちの買い物は、用事を済ませた後に望みの場所まで送ってあげよう。

外に出ようとした二人は僕を見てハッとして息を呑む。どこか気まずい一瞬の間があって小さく楓ちゃんが「バーナビー？」とつぶやく。

僕はつとめて明るく、後方に停めた車の後部座席を開けて二人をエスコートした。

「……行きますよ、お二人さん」

マッティアが研究員として勤務するアプトン研究所。

僕は、虎徹さんたちと別れた後、虎徹さんに車を借りてここを訪れる算段をつけた。彼ならば、ひょっとして楓ちゃんたちの課題に役に立つ話を聞かせてくれるんじゃないか、と思ったのだ。

マッティアは突然の連絡にも拘わらず、僕と楓ちゃんたちの見学を快く引き受けてくれた。ガラス越しに施設内を見学させてもらい、楓ちゃんとサロジャちゃんは興奮していた。僕もマッティアの仕事場を初めて見せてもらって内心驚いていた。とても偉大な仕事だ。

「……じゃあ質問。マッティアさんは今、どんな薬を作ってるの？」

楓ちゃんが尋ねる。

「今研究してるのは、脳神経を刺激する薬だね」

キョトンとする楓ちゃん。

「脳神経？」

「脳神経っていうのは、脊椎動物の神経系の中で、脳に出入りする末梢神経なんだ。種類は十二種類あってね、一つ一つが……」

マッティアはいつもより張り切って見える。専門分野を説明する彼は、とても頼もしかった。

彼が以前、僕にかけてくれた言葉のように、マッティアを誇りに思う。

「え？　え？　末梢神経？」

楓ちゃんも、サロジャちゃんも戸惑いの表情を浮かべていた。

マッティアはそうか、と納得した様子で僕を見る。

「簡単に説明した方がいいかな？」

「あと、もう少しゆっくりね」

微笑んで提案する。マッティアは研究のこととなると、いつもより饒舌になるようだった。

ゆっくり、言葉を噛み砕いて、マッティアは説明を続ける。僕たちはマッティアの後をついて廊下を歩いていった。

「つまりね、脳をフル活用させる薬さ。人間の脳には、普段あまり活用されていない領域が存在する。その領域がフル活用されれば、どんな人でも身体能力も思考力も格段と高まる」

マッティアは扉を開き、彼の個人の研究室に僕たちを迎え入れてくれた。

「ＮＥＸＴ能力者のようにね」

ＮＥＸＴ、という言葉に楓ちゃんとサロジャちゃんが反応する。二人は少し複雑な表情を浮かべた後、サロジャちゃんが口を開く。

「……NEXT能力なんて、いらない」

下を向き、話し始めるサロジャちゃんに僕は声をかけた。

「サロジャちゃん？」

楓ちゃんがサロジャちゃんの気持ちを察して、続ける。

「……サロジャは最近、自分がNEXTだって、わかったんだ」

マッティアも僕も言葉に詰まる。サロジャちゃんは絞り出すように、言った。

「能力のせいで、学校で笑われるし。HITは好きだけど、自分がNEXTなのは……イヤ」

その気持ちは、わかる……なんて、簡単に言えるわけではない。

それでも僕は同じNEXTとして、サロジャちゃんの――楓ちゃんもだろう――の悩みや戸惑いが部分的には理解できる。

NEXTによって能力は様々だ。僕の能力が目覚めたのは二歳ごろのことらしく、母親が教えてくれたことで自分の能力を知っていたので、物心ついてから突然能力を得た人たちの苦労は推測することしかできない。きっと能力を深く理解し、コントロールしていくのは想像以上に大変なことだろう。

サロジャちゃんは僕を見て、悪いと思ったのか、小さくつぶやく。

「あ……ごめんなさい」

「ううん……」

彼女の気持ちに共感し首を横に振る。その横でマッティアが静かに口を開いた。

「サロジャちゃん」

「ん？」

「僕はね、自分の薬で、NEXTと非NEXTの垣根をなくしたいんだ」

「垣根？」

再びうつむいてしまっていたサロジャちゃんは顔を上げる。マッティアは優しい口調で続けた。

「人は、自分と違うものを怖がる生き物だから……。だから、この薬でみんなが力を得たら、君のような想いをする子がいなくなって、差別や争いもなくなる。それが、世界の多くの人間を救うことになると思うんだ！」

僕はマッティアの机の上に飾られた写真を見る。机の上には、幼い頃の僕とマッティアが並んで笑顔で写っている。

僕はNEXTでマッティアはそうではない……だけど、垣根を越えて幼い頃も今も、心を許せる友達だ。マッティアの言葉は、僕の心にも沁み込んできた。

「……カッコ付け過ぎたかな？」

サロジャちゃんは、「少しだけ……」と笑った。楓ちゃんも一緒に笑う。微笑み合う二人を見ていたら、僕も改めてNEXT……そしてヒーローとしての自分を見つめ直すことができた。

「ありがとうバーナビー」

車を降りた楓ちゃんとサロジャちゃんは、虎徹さんのアパートの前で嬉しそうに言った。

「買い物に行くなら、送りますよ？」

二人はそれを楽しみにしていたはずだ。だが、楓ちゃんは僕の申し出を断る。

「あー、大丈夫。実はブルーローズさんと夕飯食べる約束してるんだ」

トレーニングルームでブルーローズさんと会ったことを思い出し、違和感を覚える。

「あれ？　彼女、そんな話さっきしてませんでしたが？」

二人の表情がサッと変わる。

「うっ……さ、さっき連絡とったんだよね？」

「う、うん」

サロジャちゃんのフォローが入り、楓ちゃんも頷く。僕は詳細を聞こうと口を開きかけたが、
二人はツッコまれる前に家に入ろうと手を振る。

笑顔がぎこちない……何か危ないところへ遊びに行く予定でも立てていたら……考えを巡らせていると扉が開き、

「おかえり楓ぇ～！」

虎徹さん!?

満面の笑みの虎徹さんが二人を出迎えた。

「お父さん!?」

戸惑う楓ちゃんたちにまったく気付かず、虎徹さんは嬉しくて仕方がなさそうに話す。

「仕事が早く終わってさ！　あ、今夜ブルーローズのライブがあんだけど、一緒に行くか？」

「えっ!?」と僕が声を上げるのと、「げっ!?」と楓ちゃんが声を上げるのとほぼ同時だった。

虎徹さんだけ、状況がわからずキョトンとしており、サロジャちゃんは楓ちゃんを見つめ困惑している。

「どうするの、楓ぇ？」

楓ちゃんは観念したように大きなため息をついた。


バニーは気を遣って、楓たちを友達の研究室に案内してくれた。だが、その後、楓たちの嘘がわかって、とうとうここに来た本当の目的を打ち明けた。

「学校説明会？　ヒーローアカデミーのか？」

俺はソファに座り、目の前には不貞腐れた顔の楓、困った様子のサロジャちゃんが並んで座っている。バニーは立ったまま、二人を見守っている。

テーブルの上には、楓たちが持ってきたヒーローアカデミーのパンフレットがあった。俺はチラッとそれを見てから、楓を見る。

「楓……お前、ヒーローになりたいのか？」

楓は何も言わない。よっぽど俺に知られたくなかったんだろう。サロジャちゃんが黙っている楓を見かねて話してくれる。

「二人で話してたんです。ヒーローアカデミーを見に行こうって。親には秘密で」

心の中でため息をつく。だーから、妙に物分かりがよかったのか……。

「そんな中、作文の宿題が出て。これを理由に、シュテルンビルトに行こうって。楓がパパのスケジュールを確認したら、ちょうど仕事も入ってるし、この日なら怪しまれず行動できるって……」

そこまで用意周到に計画してたのかよ……。

「だが、僕が予定を狂わせた、と」

思うところがあるのか、バニーも考え込む表情だ。サロジャちゃんが説明してくれてあらましはわかったが、相変わらず頑なに楓は何も言わない。

「おい……楓。こっち見ろ」

楓はチラッと俺を見た。表情は怒ったままだ。……ったく頑固なんだからなぁ。

「正直に話せば、パパだって……」

そこまで言ったところで楓はガンッと立ち上がる。

「ウソッ！」

「え？」

「私がヒーローになりたいって言ったら反対するくせに!!」

怒っていた顔の楓が、少しずつ悲しげな表情に変わっていく。

「それは……」

俺も即答できない。楓に心ん中、見透（みす）かされちまってる。だが、俺自身（おれじしん）、まだモヤモヤしていてうまく言葉にできない。

「ほらね、思った通り……」

「ヒーローは危険な仕事だし……」

通り一遍（いっぺん）の答えしか言えない。楓は怒（いか）りを再燃させた。

「反対されても絶対行くから！　アカデミーには寮（りょう）もあるし！」

俺はピンと来た。母ちゃんが言っていた「構ってあげられてない」って言葉――。

「寮って……もしかしてアレか？　兄貴の家族もいるから家に居づらいとか？」

「はぁ？　なんで村正おじちゃんが今出てくんの!?」

気遣ったつもりが、楓を決定的に怒らせたようだ。バニーも慌てて間に入ってくれた。

「楓ちゃん、落ち着いて……」

「そうだよ、一度ちゃんと話し合って……」

だが楓は鋭く言い放った。

「話し合う？　今まで私の事、ほったらかしだったくせに！」

「なっ!?」

ストレートにぶつけられた言葉。だが、楓の言う通りだ。その通りなだけに、言い訳のしようもなかった。

「今まで通り、ほっておいてよ！」

「あ、待って」

楓が部屋を出ていく。慌ててサロジャちゃんが後を追って出ていく――。

俺は二人の姿が見えているのに、情けないことにすぐには動けなかった。

「いいんですか？　追いかけなくて」

バニーが俺を見る。その口調も、視線も少し心配そうだ。バニーにも迷惑かけちまってるな。

「追いかけるさ。けど……なんなんだろうな、この感じ」

言葉を探しながら、俺は自分の気持ちを確かめるようにつぶやいた。

「自分と同じ仕事がしたいって言われたら、親として嬉しいハズなのに……」

バニーは少し考えてから、冷静に言う。

「そりゃそうですよ。娘に、命を落としかねない仕事に就いてほしい親なんているわけがない」

その通りなんだよな。

嬉しいけど、それを上回る心配と恐怖と……自分がこの仕事を一番わかっているだけに、軽はずみなことは言えねぇんだ。

楓のスマホに何度も電話をしている隣で、バニーは自分が捜しに行くと席を立ってくれた。

動けずにいる俺をわずかの間でもそっとしておいてくれるかのように……。

『どうした？　楓とケンカでもしたか？』

楓を捜しに街へ出て、視線では二人を捜しながら、衝動的に電話をかけてしまったのは兄貴のところだった。

開口一番、楓のことを言うもんだから驚く。

「楓から連絡来たのか？」

『いや。けど、楓絡みじゃなきゃ、電話なんてよこさないだろ、お前？』

敵わねぇなぁ、と思いながら、そんなふうに俺と楓をわかってくれる兄貴を本当にありがたく感じる。

俺は思い切って、今まで聞けなかった——ある意味では聞いちゃいけないと思っていたことを切り出した。

「あのさ……俺がヒーローになるって言ったとき、母ちゃんって、何か言ってた？　実は、反対してたとか……」

『いや、少なくとも俺の前では一度も』

「そっか……」

あの、気丈な母ちゃんは、「たまには帰ってこい」「体には気をつけろ」と言いつつも、俺の意思を尊重してくれていた。今、自分が親になって同じ立場になってみると、いかに母ちゃんがドーンと構えてくれていたかがわかって、俺はありがたく、同時に今頃そんなことに気付いてすまない、とも思う。

電話の向こうで兄貴がためらっている気配がかすかに漂い、続けて、つぶやく。

『母さんの掌にあるキズ、知ってるか?』

「えっ?」

俺は母ちゃんの姿を思い浮かべる。子どもたちと遊んでくれ、家の中の様々な細かい仕事をしてくれ、皆でテレビを見て応援をしてくれている……そんな姿だ。

『自分の爪で作ったキズ……HERO TVが始まると、無意識に自分の拳を握ってるんだ。お前の無事がわかるまでな……』

傷ができるほど強く握っている……何も言わない母ちゃんらしすぎて、俺は胸が詰まった。

『別にお前を責めてるわけじゃないぞ。本人が覚悟を決めた以上、家族にできるのは、背中を押すことだけだからな』

兄貴の言葉は、俺の心にずしんと響く。俺もまた、母ちゃんと同じように今が、楓の背中を押すときなんだろうか——。

バーナビーは虎徹のアパートを出ると、全力で走った。
——今ならまだそう遠くへは行っていないはずだ。
周囲に気を配りつつ走りながら、バーナビーは考えていた。

落ち込んでいる虎徹に、自分のかけた言葉が適切だったのか、バーナビーにはわからなかった。しかし、自分が彼と同じ立場でもきっとそう思うだろうと考える。その存在が大切であるならなおさらだ。

周囲を見回し、公園のベンチに座っている楓たちを見つけると、バーナビーは安堵のため息が出た。俯いて座る楓と彼女に寄り添うように座るサロジャのもとへ行こうと、急いで公園に向かった。

合流してベンチの隣に座ったバーナビーを、楓はチラッと見たが、また俯いてしまった。

「……なんか、言わないの？」

怒られたり、お説教をされたりすると楓は考えているに違いない。バーナビーはそう察したが、何も詮索するつもりはなかった。心配そうに見つめる楓につとめて何でもないように答える。

「ええ」

「ウソついたのは悪かったと思ってる、けど！」

お互いの思いがすれ違うとき、どうしてもぶつかり合わなければならない――バーナビーはそう思っていた。しかし、ぶつかったとしても楓と虎徹が「家族」として言い合えるのはやはり羨ましいとも感じていた。両親が生きていたら、自分にも反抗期があり、彼らを困らせたりすることもあったのだろうか……などと、考えても仕方のないことまで浮かんできてしまう。

バーナビーは反省している様子の楓に、微笑みかけた。

「それを話すのは『僕に』じゃないですよ」

今頃、街のどこかを必死に捜し回っているはずの彼にだ、とバーナビーは心の中でつぶやく。

バーナビーの言葉の意味を察した楓が顔を上げたとき、公園の横の大通りにボールを追いかけて男の子が飛び出してきた。しかし通りの向こうからはスピードを上げたトラックが近付いていた。

気付いたトラックが急ブレーキをかけるが、止まり切れず、男の子に迫ってくる……。

——危ない!!

バーナビーは瞬時に能力を発動させ、男の子のもとへ移動し、その子を抱いてその場から離れる。だが、勢い余ったトラックは大きく蛇行して工事現場に突っ込んだ。

——まずい！　思った以上の事故だ。ここから先は……？

と、思う間もなく上空から建築資材が落ちてくる。バーナビーは咄嗟にその大きな鉄板を受け止めて頭上に掲げ、その下に男の子と作業員たちを避難させ落下物から守る。

「もっと中へ！」

バーナビーは鉄板を支えながら叫んだ。

地上の作業員たちは何とか守れたが、ビルの上階で作業中の作業員二人が足場を失い、今にも落ちそうな状況にある。

「助けてくれ～！」

曲がったパイプに何とかぶら下がった状態で二人は助けを求めている――。鉄板を支えたまま、バーナビーは彼らを助ける方法を模索して、頭をフル回転させていた。

私は建設現場の上の方で助けを求めている作業員さんたちに気づいた。このままだと彼らは落ちてしまう。私は勇気を振り絞り、決意する。

「危ない！　サロジャ、行こう！」

サロジャに声をかけると、びっくりした顔で固まってしまった。

「サロジャの能力なら、あの人たちを……」

サロジャは、首を横に振る。

「無理だよそんなの」

「でも、サロジャもヒーローに……」

言いかけたところで、サロジャは大きな声で遮った。

「違う！　私はただ……自分が気味悪がられない場所が見てみたかっただけ……」

サロジャはそう言って、申し訳なさそうに目を逸らす。

「え！」

そうだったの。てっきりサロジャもヒーローになりたいんだと思って、一緒に連れ回してしまった。サロジャの気持ちまで、ちゃんと考えてあげられていなかった……。

　サロジャは怖いのか、地面に座り込んでしまう。

「自分のことだけで頭グチャグチャ……誰かのことまで考えられないよ……」

　こうしている間にも、パイプにぶら下がったままの作業員さんは助けを求め続けている。私もサロジャと同じように、怖かった……でも。

　私はサロジャを見つめ、一歩踏み出すと、彼女の肩に触れる。

「楓!?」

　サロジャの能力をコピーした私は、助走をつけると勢いをつけて飛んだ。彼女の能力は顔を風船のように膨らませること。この能力があれば、あの二人の作業員さんの所まで飛んで行ける。

「二人とも、私に飛び移って！　早く!!」

　作業員さんに近付いた私に、驚きつつも一人は飛び移ってくれた。もう少し！

　しかし、もう一人の作業員さんが飛び移ると、私の体が青く光る。ＮＥＸＴの能力を持つ人が私に触れると、その能力が上書きされてしまうのだ。

「えっ!?　あなたＮＥＸＴ？」

　しまった、その可能性を忘れてた――。

　そう理解したときには私の顔は元の大きさに戻り、作業員さん二人とともに地上に向かって落ちていた。彼の能力は髪が逆立つことなのか、私の髪もツンツンに尖ってしまっている。

「どわああ～っ！」

「きゃあっ～っ！」

——やっぱり私が甘かったんだ。私の能力でどうかしようなんて……。

恐さと情けなさでぎゅっと目をつぶったそのとき、誰かに抱き止められている感覚で我に返る。

「はっ？　お父さん……」

地上に落ちるすれすれのところで、お父さんが私と作業員さん二人を同時に受け止めてくれていたのだ。

「このバカタレが……」

言葉では怒っているのに、言い方は優しい。助けてもらった安心感に包まれ、私は改めて考えていた……お父さんはカッコイイ。

心からそう思う。

「落ち着いたら行くぞ」

泣きそうになっている私に、お父さんは労るような優しい声で言った。

その夜。虎徹は楓とサロジャ、それに卒業生であるバーナビーも一緒に、ヒーローアカデミ

ーを訪れた。

「ようこそ、タイガーさん！」

「どうも校長……。こんな時間にすみません」

エントランスをくぐると、マッシーニ校長がじきじきに出迎えてくれ、虎徹は彼から熱いハグを受けた。

マッシーニ校長は優しく微笑み、バーナビーを見ると、再び両手を広げてバーナビーとも力強くハグした。

「いえいえ。久しぶりだね、バーナビー」

「お久しぶりです校長」

相変わらず生徒想いで情に厚い。虎徹は、バーナビーをギュッとハグしたまま嬉しそうにしているマッシーニ校長を見て思った。

「お待ちしてましたよ～」

頃合いを見計らってバーナビーが離れ、丁寧な口調で挨拶をする。

「無理を言ってすみません。少しだけ学園を案内させてほしくて」

バーナビーが校長に掛け合ってくれたこともあり、虎徹たちは時間外に学園を見せてもらえることになった。

「お安い御用です。ささ、どうぞ」

校長が先頭を歩き、楓もバーナビーもその後ろを歩き出す。だが、サロジャは俯いたまま、進みだそうとしない。

「ん？　サロジャちゃん？」

虎徹がそれに気づき、声をかけると、サロジャは申し訳なさそうに告げた。

「私、見る資格ない。さっきも怖くて動けなかったし……それに、ヒーローにだって、別になりたくないし……」

虎徹がサロジャの想いを知り、神妙（しんみょう）な面持（おもも）ちで見つめる。楓とバーナビーも彼女の心中を慮（おもんぱか）っている。

すると俯いたままのサロジャにマッシーニ校長が歩み寄った。

「いいんですよ、それで」

サロジャは驚いて顔を上げる。

「ヒーローアカデミーはＮＥＸＴ能力との付き合い方を学ぶ場所です。自分と向き合えば、やりたいことは、自然と見つかりますよ……」

校長の言葉に、サロジャの表情が和（やわ）らいだ。

――そうか。最初からヒーローを目指してなくたっていい。自分の能力と向き合って、うまく付き合って行くことが大事なんだ。

虎徹は校長の言葉を噛（か）みしめ、納得した。

いい歳（とし）した自分も未（いま）だに、自分の能力と戦い続けている。サロジャも自分の能力と向き合えて、それが何かいい形で実を結べることを虎徹は願った。そして楓の想いについても、きちんと話し合って解決させなければならないと改めて考えていた。

見学を終えてアパートに帰ったころには、すっかり遅い時間になっていた。

サロジャちゃんはいろいろ怖い思いもしたし、疲れたんだろう。先にロフトにあるベッドで眠ってしまった。

楓と俺は二人でソファに座っていたが——楓が決心したように口を開く。

「私、ずっとHERO TVを観てきた。お父さんがタイガーだって、知る前も後も……」

真剣な口調で楓は続ける。

「ジャスティスデーの、事件があって……。そのとき、初めて……助けてもらう側じゃなくて、助ける側にいきたいって、思ったの。人を助ける仕事がいろいろあるって、そんなのモチロンわかってる。けど」

楓の心はもう決まってるんだろう。経験したことだし、俺にもよくわかる。

「けどね、やっぱりどうしても……。どうしても、ヒーローになりたいの！」

ヒーローを志すヤツの分だけ、それぞれの想いと物語がある。ただカッコ良さそうだから、みたいな軽いノリじゃないことだってわかってる。だが、俺はヒーローの先輩だし、楓の親なんだ。

「さっきの事故だけどな。もし俺が、駆けつけるのが一歩遅ければ……」

「わかってる。無茶するべきじゃなかった……」

当然反発は来るだろう。けど、俺は楓を守ることが大事な俺の責任だって思ってるから――。

「いや、わかってない。楓、お前の能力は……」

「ヒーロー向きじゃないってこと？　それだって、ヒーローアカデミーで学べばきっと……」

「ヒーローアカデミーに行くことは、反対してない」

俺が答えると、楓はグッと言葉に詰まり、悲しそうな表情になる。

「……ヒーローを目指すのは、反対なんだ」

「反対ってのとは違うんだって！　けど他の街じゃヒーローを襲うあぶねぇ野郎も出てきてんだぞ？」

楓は前のめりになる。

「おかしいよ、自分もヒーローのくせに！　娘になってほしくない仕事してるの？」

はぁ。言われちまった。自分でも「危ないから」とか通り一遍のことしか言えてないと思っていた。

「ぬぁ～そうなんだよなぁ～」

「え？」

自分で言ってるくせに矛盾するけど、そこが俺の中でまだごちゃごちゃしてる。スッキリ答えられない理由なんだ。

「俺は、仕事優先で、お前をほったらかしにしてきた……」

楓は少し小声になって俯く。

「……さっきは、ついカッとなって……」

「なのに、俺と同じ仕事に就きたいって言ってくれた。すごく嬉しいし、１００％応援してやりたい……のに……」

「のに？」

楓が聞き返す。ああ、こういうときって、世の中のオヤジさんたちはビシッとうまく言えるのかな。俺は……そうできればいいんだが、まだできそうにない。不完全かもしれないけど、その葛藤を、悩みをそのまんま正直に言おう。

それが俺の、楓に対する誠実さ、なんだと思う。

「ん〜悪い。俺も自分の気持ちをまだうまく言葉にできないんだわ」

楓はじっと俺を見つめる。

「なぁ、パパさ、もう一度、ヒーローってのがどんな仕事なのか考えながらやってみるよ。楓に……若い奴らにどういう背中を見せていけるのか。その上で、いろいろ話したいんだ。楓と、ヒーローって仕事について……」

俺は恐る恐る楓を見る。

「……ダメかな？」

楓は少し微笑んで、まっすぐに俺を見た。

「ううん。ありがとう、ちゃんと真剣に考えようとしてくれて」

　大人になったなあ、なんて俺は楓を見て思ってしまった。お礼を言うのはこっちのほうだよ。

　楓がヒーローになりたい気持ちと、俺もちゃんと向き合って答えを出す――。

　それまでもう少しだけ待っててな。


　バーナビーは、マンションで植物たちに霧吹きで水をやりながら電話をしていた。

「今日は急だったのに、ありがとう。改めて感心したよ。あんなすごい研究をしていたんだね」

　穏やかな微笑みを浮かべてバーナビーは植物を見つめ、通話相手であるマッティアにお礼を言う。

　電話越しにマッティアの謙遜した声が聞こえてくる。

『いや、まだ何も成果が得られてないからさ』

　マッティアの言葉に、バーナビーは手を止め、きっぱりと告げた。

「そんなことない。誇らしかったよ」

　バーナビーは、心からそう感じていた。尊敬の想いを、きちんとマッティアに伝えたいと真摯に思う。

『え』

マッティアが少し驚いた声を出す。バーナビーは想いを込め、重ねて言った。

「ヒーローとして、僕にもまだ何かできるかもって、思わされた」


研究室ではマッティアがこの上なく嬉しそうに、バーナビーの言葉を受け止めていた。しかしマッティアは、少し恥ずかしそうに答える。

「よせって、照れくさいな」

自分のこれまでの研究も報われた思いで、マッティアは一人微笑む。

『あ、今日の写真、後で送るよ』

「うん、ありがとう」

電話の向こうのバーナビーにお礼を言い、通話を終える。すると、前触れもなくマッティアの背後から「あと二ヶ月だから」と声がかかる。

「ぬぅわっ!!」

声の主はランドル所長だった。マッティアはまたも不意を衝かれ、驚きの声を上げる。

「スポンサーをつなぎ止める成果が得られなければ、君の研究は中止。以上」

無情に告げる所長にマッティアは慌てた。

「そんな、待ってください！」

「無駄話している時間はない！　私だって、しんどいんだ」

疲れ切った顔でそれだけ言うと、ランドル所長はマッティアの研究室から立ち去った。

――状況は以前よりも悪くなっている。

先程まで温かい気持ちから、一気に奈落の底へ突き落とされたような絶望的な気分に襲われる。だがマッティアはスマホ画面を見つめ、どうにか気を取り直した。

画面には笑顔のバーナビーとマッティア、嬉しそうな楓とサロジャが写っている。

そのスマホを持つ腕まくりされたマッティアの左腕には、痛々しい注射の痕が残っていた。

カメラのモニターに向かい、マッティアはいつものように記録を撮影し始める。

「研究No．588……」

その表情は、虚ろだった。

俺たちはブラーエおじちゃんが乗せてくれた飛行機で、目的地へと向かっていた。

静かに本を読んでいるおじちゃんの正面で、ムガンが俺の救命ベストにストローで息を吹き込んでいる。

「フー、フー、フー」

ムガンは限界まで膨らませるつもりらしい。俺のベストはパンパンで破裂寸前だ。

「やめろやめろやめろ！　もうムリムリムリムリムリ！」

と、言いつつ俺も結構この遊びを楽しんでる。ムガンはやめずにストローで吹き続けるし、まだまだベストは膨らんでるし。

「くるくる、ヤバイヤバイ！」

俺たちがふざけてはしゃいでいるのを見て、おじちゃんが本から目を上げる。

「……二人とも、いい加減にしなさい。もうすぐ空港に着くぞ」

俺とムガンは悪ふざけをやめて、揃って返事をする。

「「は～い」」

ムガンが外を見たから俺も窓から外を見たら、めちゃめちゃ夜景がキレイだった。これがシュテルンビルトか。すごい、ワクワクする。

「「わぁ～、キレイ！」」

俺たちは思わずうっとりしたが、ムガンと窓からの景色を見ながら、声を合わせて言った。

俺とムガンはいつでもどこでも息ピッタリだからな。

「「けど、キレイなものって……壊したくなるよねぇ！」」

To be continued.

# あとがき

初めまして、石上加奈子と申します。この作品が大好きで一ファンとして楽しく視聴していた矢先、何とノベライズを担当させていただけることになり、光栄すぎて震えました。未だに夢かなと思っています。本書の執筆は初め、悩みながら書いては消しを繰り返していましたが、次第に作品の力に動かされ気付けば夢中でヒーローたちの背中を追いかけながら文章を重ねていました。台本とアニメを何度も見比べながら過ごした時間はとても幸せな思い出です。

作品と向き合う中で改めてこの「ＴＩＧＥＲ ＆ ＢＵＮＮＹ ２」を生み出してくれた西田征史様、脚本家の皆様・制作の皆様に感謝致しました。何度も泣きました……。

また、常に「二人三脚」で相談に乗ってくださった監修の兒玉宣勝様、監修に携わってくださったＢＮＰｉｃｔｕｒｅｓの皆様、最後まで並走してくださった担当編集様に心からお礼申し上げます。そうそう。本書の台詞はアニメ本編の台本に則っておりますが、監修の皆様と相談して泣く泣く本編ではカットになった台詞や、本編には描かれていない台詞やシーンも少しだけ盛り込まれております。アニメとともにお楽しみいただくのはもちろん、違う部分を読み比べていただくのも一興かと！　本作の魅力をお伝えできることが少しでもできていればと願っております。

最後になりますがこの本を手に取っていただき、本当に本当にありがとうございました！

しょうせつ
小説
# TIGER & BUNNY 2 パート1［上］

2023年4月28日　初版発行

ノベライズ：石上加奈子
企画・原作・制作：BN Pictures
シリーズ構成・脚本・ストーリーディレクター：西田征史
監修協力：兒玉宣勝

発行者　山下直久
発行　株式会社KADOKAWA
〒102－8177　東京都千代田区富士見2－13－3
電話／0570－002－301（ナビダイヤル）

デザイン　寺田鷹樹
印刷・製本　凸版印刷株式会社

◉お問い合わせ
https://www.kadokawa.co.jp/（「お問い合わせ」へお進みください）
※内容によっては、お答えできない場合があります。※サポートは日本国内のみとさせていただきます。
※Japanese text only

　ISBN978-4-04-737405-8 C0093
定価はカバーに表示してあります。